異世界で獣人のつがいになりました

川琴ゆい華

23399

角川ルビー文庫

目次

口絵・本文イラスト／みずかねりょう

1. 異世界転生

一縷《いちる》の光もない暗闇《くらやみ》を見るのははじめてだ。

命が尽《つ》きると、まぶたを閉じても感じていた明かりや鼓膜《こまく》を震《ふる》わせていた音、薬品が混じったような病室の匂《にお》いもぜんぶ、蓋《ふた》をぱたんと閉じられたみたいに消えてなくなった。

あの世とこの世を分ける蓋だったのかな……と、湊斗《みなと》は自分が死んでしまったことを、そんなふうに悟《さと》った。

光がまったくないから、自身が目を開けているのか閉じているのか、だんだん分からなくなってくる。右も左も、上も下も、落ちているのか飛んでいるのかさえ分からない。

――僕は……どこへ行くんだろ。どうなるんだろう。

死んだら天国へ行くのだろうか。もし生まれ変われるのなら、空気や水、そんな死生とは別の次元にあるような、透明《とうめい》で安らかで不確かなものがいい。

すると突然《とつぜん》、ぱかっと蓋が開いた。

「……！」

目の前にあるのは色鮮《いろあざ》やかな緑色。濃《こ》くて、艶《つや》やかで、瑞々《みずみず》しい。

色が見えるということは、光があるということだ。

「……緑……はっぱ？」

思ったことがそのまま明瞭《めいりょう》な声として発せられる。湊斗はそれにも驚《おどろ》いた。そういえば酸素マスクをつけていない。点滴《てんてき》の管もない。身体《からだ》のどこも医療《いりょう》機器につながっていない。

湊斗が目覚めたのは、ひんやりと寝心地《ねごこち》がいい柔《やわ》らかな草の上だった。

おそるおそる身を起こし、そこに広がる景色に瞠目《どうもく》する。

青空まで伸《の》びていきそうなくらい背の高いヤシ、バナナの木、大きな扇状《おうぎじょう》の葉を持つモンステラ、カラフルなビーズをばらまいたように咲《さ》いた小花……どれも熱帯植物園を思いおこさせる樹木や草花だ。

「……何、ここ……」

湊斗の視線の先のほうに学校のプールくらいの池があり、とぷとぷと水が湧《わ》き出る音がして、その傍《そば》の太い大木の根元には赤や黄色や白いきのこが生えている。池の向こうも、鬱蒼《うっそう》と茂《しげ》る森がずっと奥まで続いているようだ。

すぐ背後から小鳥のさえずりが聞こえ、湊斗ははっと振《ふ》り返ったがその姿は見えない。

熱帯植物園はひどく蒸《む》して暑かった記憶《きおく》がある。ここはそんな人工的に造られた温室やドームではなく、まるで真夏の避暑《ひしょ》地にでもいるみたいに肌《はだ》をなでる風も心地いい。

「もしかして天国……なのかな」

自分が身に着けているのはコットンのプルオーバーとパンツ、足元はブーツだ。湊斗は地面に手をつき、ゆっくりと立ち上がった。

不自由なくひとりで立てる。どこも痛くない。手を何度かグーパーのかたちにして、試《ため》しにその場で数回ジャンプもしてみた。生前はできなかったことが、なんの障害もなくできるようになっている。湊斗は夢にまで見た奇跡《きせき》に感激するより先に、思わず頬《ほお》をゆるめた。

「すごい。治ったんだ！」

死んだら病気がリセットされたのかもしれない。寸前まで空気や水に生まれ変わりたいなどと願ったことも忘れ、無敵になった気分で湊斗は足取りも軽《かろ》やかに池のほとりへ進んだ。

覗《のぞ》くと周囲の木々が水鏡に映り込むほど透明度が高い。水面を滑《すべ》るように走る昆虫《こんちゅう》、水中には水草の隙間《すきま》を泳ぐ小さな魚も見える。ビオトープのように自然生態系を保っているようだ。

その水鏡に自分の顔が映っている。ぱっちりと開かれた目、いきいきと輝《かがや》く眸《ひとみ》、艶とはりのある肌――これが健康な二十歳《はたち》の僕なんだ、と湊斗はよろこびを噛《か》みしめた。

水で顔を洗い、濡《ぬ》れた手で前髪《まえがみ》と、ショートヘアを適当に整える。ふと、首元に沿うネックレスに気がついた。指先でつまめるサイズのペンダントトップがついている。それを引っ張ってみたけれど、チェーンが短くて肝心《かんじん》の部分が見えない。

水鏡で確認《かくにん》しようと再び湊斗が覗き込むと、そこに身体を覆《おお》うほど大きな黒い影《かげ》が映り込んだ。自分の背後に何かいる。

「――っ！」

ぞっとして振り向きざまに声を出す間もなく、湊斗はその壁《かべ》のように高くて黒いものに口を覆われ、身体を羽交《はが》い締《じ》めにされて軽々と持ち上げられた。

『人間だ！　人間を捕《つか》まえた！』

激しく上下する視界には森の木々、湊斗の口を覆う黒い毛並みからはきつい獣《けもの》の匂いがする。頭のすぐうしろから興奮した唸《うな》り声と荒《あら》い息遣《いきづか》いも。乱暴に扱《あつか》われ、湊斗はあまりの恐《おそ》ろしさに強く目をつむった。

振り向いた瞬間《しゅんかん》に見た黒い生きもの——クマだ。身長が百七十センチほどの湊斗を遥《はる》かに凌《しの》ぐ巨大《きょだい》なクマに襲《おそ》われたのだと悟ったが、獣の唸り声に交じって聞こえたのは人間の言葉だった気がする。湊斗は身が竦《すく》むほどの恐怖《きょうふ》の中でさらに混乱した。

——僕、喰《く》われるの？　また死ぬの……?!

せっかく健康な身体を取り戻《もど》したのに、ものの五分程《ほど》で再び命を落とすのだろうか。

痛いのはもういやだ。せめて苦痛を感じる間もないよう、ひと思いに殺してほしい。

再びの死を覚悟《かくご》したとき、湊斗を襲ったクマが『ぐうおおおっ』と咆哮《ほうこう》し動きをとめた。

その地鳴りのような声に湊斗が驚いてつむっていたまぶたを開くと、クマの背後から突然、何者かが身を翻《ひるがえ》して前に回り込んできた。

現れた大柄《おおがら》の男はクマの肩《かた》や胸に足をついて踏《ふ》ん張り、頭部を手で摑《つか》んでいるようだ。

「これは俺のつがいだ！」

低く怒気《どき》を孕《はら》んだ凄《すご》みのある声。獣を思わせるアイスグレーの眼光も鋭《するど》く、牙《きば》を剝《む》き、鈍色《にびいろ》の髪《かみ》はまるで猛々《たけだけ》しいライオンのたてがみのように逆立っている。

「首の急所は外してやったが、放《ほう》っておけばそのまま出血しつづけるぞ」

男は背後からすでにクマの致命傷《ちめいしょう》になりうる攻撃《こうげき》をしたらしい。目の前の男が纏《まと》う真っ白なリネンに赤黒い返り血が飛び散っている。

『ユ……ユノ……！　こいつは俺が最初に捕まえたんだっ……！』

クマが発したのは、この男の名前だろうか。クマとの会話が聞き取れることも不可解だ。

「黙《だま》れ。放さなければ次はとどめを刺《さ》す。両腕《りょううで》の力で頭を砕《くだ》かれるのと、中から脳みそを滾《たぎ》らせるのと、このダガーで眉間《みけん》を抉《えぐ》られるのと、どれがいい」

湊斗からは見えないが、どうやらその男は手に持った武器をクマの急所といわれる眉間にあてがっているらしい。さらに男の身体から、まるで焼き石が目の前にあるような、人体では起こりえないほどの放射熱が伝わる。武器を使わず攻撃することも可能なようだ。

クマの拘束力《こうそく》が途端《とたん》にゆるむのを感じ、男のほうが圧倒的《あっとう》に優勢なのが分かって、湊斗はいくらか安堵《あんど》の気持ちが湧いた。

「迷う暇《ひま》があるとは。状況《じょうきょう》がよく分かっていないらしいな」

巨大なクマは悔《くや》しげに呻《うめ》き声を上げ、男に眉間をぐっと突《つ》かれたところでようやく『分かった、放す』と答える。

拘束をとかれてすぐに、湊斗は男に片手で軽々しく抱《かか》え上げられた。

――助かった……！

四メートルほどの高さから湊斗を抱えたまま男が地面へ飛び降りたので、それがまた怖《こわ》くて心臓がきゅうっと窄《すぼ》まる。そして湊斗がもといた草の上にへたり込んだ直後に、ドォォォンッと、ビルが倒壊《とうかい》したかのような地響《じひび》きがした。

湊斗が振り向くと、土煙《つちけむり》の中でクマは腹を仰向《あおむ》けにして倒《たお》れている。それが湊斗からすると恐竜《きょうりゅう》みたいな大きさだったことにもあらためて驚いたが。

「……え……えっ……？　うそ……死んだ……？」

約束どおり湊斗を解放したのに、男はクマの急所を攻撃したらしい。交換《こうかん》条件をこんなかたちで反故《ほご》にするなど、極悪人《ごくあくにん》が使う常套手段《じょうとうしゅだん》だ。

――助けてくれたっていうか……これって……。

湊斗はへたり込んだまま茫然《ぼうぜん》と男を見上げた。背丈《せたけ》が二メートル以上はありそうな男の手には殺傷力が高そうなダガーナイフがあり、その強堅《きょうけん》な刃先《はさき》から鮮血《せんけつ》が滴《したた》っている。湊斗の首ならひと振《ふ》りで斬《き》れそうだ。興奮を示して膨《ふく》らんだ尻尾《しっぽ》は装飾《そうしょく》品ではない。彼自身の爪《つめ》も鋭い鎌《かま》形《がた》で、小さな獲物《えもの》を仕留めて腑《はらわた》を裂《さ》くことくらいはたやすそうに見える。

――この人……『人間』じゃない。もしかして『獣人』……？

見た瞬間は立派なたてがみを持つライオンを想像したが、毛は鈍色で、立派な尻尾はオオカミみたいだ。そんないくつもの種の要素を持つ男の姿に、湊斗は混乱した。

命拾いしたのではなく、これからこの男の餌食《えじき》になるのかもしれない。

ふいに無言の男に見下ろされ、湊斗は恐怖で身震《みぶる》いする。

男は湊斗と目が合うと、その眸にすうっと理性が戻ったように映った。燃えさかる炎《ほのお》のごと

く逆立っていた髪が和《な》いでいき、襟足《えりあし》はすっきりと、落ち着いたグレーの前髪は頬にかかる長さで収まる。鎌形の爪は引っ込み、全体的に収縮したように見えた。

――……変身できるってこと……？

全身に漲《みなぎ》らせていた殺気と獰猛《どうもう》さも薄《うす》らいで、最終的には普通《ふつう》の人間の姿に落ち着いたようだ。それでも湊斗より遥かに逞《たくま》しく、躯体《くたい》はおそらく二メートル近い。

「……そのクマ、こ……殺したの？　僕のことも、殺すの……？」

湊斗がすっかり狼狽《ろうばい》し懐疑《かいぎ》の念で見つめると、男はダガーナイフを腰《こし》のレザーシースにしまって「殺してない。気絶させただけだ」と無愛想《ぶあいそ》な表情と声で答えた。

実在し得ないほど巨大なクマから湊斗を助けてくれた男・ユノに「こっちだ」と案内され、樹高三十メートルはありそうなスギ林の中を十五分ほど歩かされてついたのは、のどかな雰囲《ふんい》気《き》の村落だった。

土壁《つちかべ》や石壁、木造の家、煙突《えんとつ》がついた屋根の家が道なりに並ぶ。柵《さく》に囲まれた畑があり、鍛《か》冶《じ》の音が響《ひび》き、菓子《かし》を焼く甘い匂《にお》いも漂《ただよ》っている。芝生《しばふ》や住居を囲む緑も鮮《あざ》やかだ。ヤギや鶏《にわとり》が飼われている柵もあれば、リードにつながれた犬もいるし、木陰《こかげ》でのんびりしている猫《ねこ》もいるが、さっきのクマとちがって普通の体格だった。

歩き始めてすぐに助けてもらった礼を伝えただけで、湊斗はいまだに、ここがいったいどこなのか、ユノが何者なのか分からないままだ。頭の中は疑問しかないが、道すがらにあれこれ話しかけてもいいような和《なご》やかな雰囲気ではなかった。

少し離《はな》れた、ちょうど周りを見渡《みわた》せるほどのコンコースになっているところに第一村人発見。その村人は二足歩行だが、オオカミを思わせる灰褐色《はいかっしょく》の毛並みに、頭部にはぴんと立った耳が覗き、太い尻尾が生えている。ユノの他《ほか》にも獣人がいるらしい。

「ユノ！　えっ、それ……人間か？」

オオカミ男は、ユノの背後に隠《かく》れるようにして歩く湊斗に気付くと瞠目《どうもく》し、「人間じゃないか！」と興奮ぎみに駆《か》け寄ってきた。

すると騒《さわ》ぎを聞きつけた村の獣人たちが「人間？」「ホンモノなのか？」と四方から次々に現れ、ふたりは十人ほどに取り囲まれた。その半数はオオカミの特徴《とくちょう》を持つ獣人で、遠巻きにしている者の中には子ども連れもいるが、総じて湊斗の登場に驚《おどろ》いている様子だ。

オオカミの他にもそれぞれ、ワシ、シロクマなど、獣と人間との交雑を窺《うかが》わせる身体的特徴が見て取れる。最初に声をかけてきたオオカミ男は髪が伸《の》び、顔立ちも人間寄りだが、他のほとんどの獣人たちは頭や身体《からだ》がほぼ動物のままのようだ。ユノみたいに人の姿を保った獣人は他に見当たらない。

――テレビでしか見たことがない動物がいっぱい……！

獣人たちは「人間が転生してきた？」「誰《だれ》かが召喚《しょうかん》しないと転生できない」「じゃあ誰が召喚したんだ」とざわついている。

——召喚されるのは魔物《まもの》じゃなくて、この世界の獣人は『人間を召喚』するってことかな。

興奮した獣人たちから庇《かば》うように、ユノが大きな軀体の陰《かげ》に湊斗を隠した。

「……騒ぐな。俺のつがいだ」

オオカミ男はユノの返しに「はっ？　つがい？」と吃驚《きっきょう》した。ワシ頭の獣人も「召喚したのがユノというのは納得《なっとく》できるが……」と困惑《こんわく》ぎみだ。そしてもちろん湊斗も、出会ったばかりのユノがここで再び『俺のつがいだ』と宣言するから戸惑《とまど》った。

「ユノ……でも、それオスじゃない？」

取り囲んでいた他の獣人たちもオオカミ男同様に「どう見てもオスだ」と唖然《あぜん》としている。

獣人たちの中からさらに「メスを連れてこなきゃ意味がないだろ」「ひとりしか召喚できないのに、まちがったのか？」「オスでも使い道はあるが……」と話し声が聞こえた。

——な……なんか、あんまり歓迎《かんげい》されてるかんじじゃない……？

湊斗を襲ったクマとはちがい、獣人たちが話す言葉は流暢《りゅうちょう》だ。湊斗がはっきり聞き取れるということは、彼らも人の言葉で話しているか、自分が自然と理解できているかのどちらか。

「たしかに人間のつがいを見つけて召喚することが群れのみんなの宿願で、ユノに託《たく》された使命ではあったけどさ」

ぼやくオオカミ男だけでなく、ふたりを取り囲む全員が「なんでコイツを連れてきた」と言わんばかりだ。そんなアウェー感強めの空気の中、湊斗はオオカミ男に訝《いぶか》しげな目で見られて慌《あわ》てた。

「あ、あの、僕も訳が分からなくて……。僕は、こ、この人のことを知らないし……」

出会ったばかりの人にいきなり『俺のつがいだ』なんて言われても困る。

するとユノは眉《まゆ》を寄せて湊斗を一瞥《いちべつ》すると、ふいと顔を背《そむ》けて小さくため息をついた。

「べつに……素質のある人間なら誰でもいいはずだろ」

ユノのその投げやりとも取れる発言に、湊斗も、そしてそこにいる全員も言葉をなくす。

――て、適当に僕をピックアップしたってこと⁉

無責任発言をしたユノ自身も、そんな周囲の空気を感じて気まずそうだ。

「だ、誰でもいいって……え、おい、ユノ！　どういうことだよ。オスじゃ、ユノの子どもを産めないだろ」

オオカミ男の問いかけに対するユノの反応を、そこにいるみんなが窺っている。

しかし当のユノは答えるつもりがないようで、湊斗の手を取り「俺の家に連れていく」と人垣《ひとがき》を押し進んだ。そんなユノをオオカミ男が「ユノ！　自棄《やけ》でもおこしたのか」と追ってくる。

「それよりキノコ池の傍《そば》に、人を襲《おそ》ったヒグマを捕縛《ほばく》してる。檻《おり》に運んでおいてくれないか」

「……ヒグマがその人間を襲ったってこと？」

顔色を変えて青ざめているオオカミ男をユノは振《ふ》り返り、「二度と喰《く》わせるつもりはない」と強く静かに言い放った。

2. 獣人《じゅうじん》たちの群れ

村落の獣人たちと別れたあと、石造りの三階建てのひときわ大きな家に案内された。テレビでしか見たことがないが、イングランドに現存する十七世紀頃《ごろ》の建造物みたいな、グレージュの石積みの外壁《がいへき》だ。三角屋根がふたつこちらに向いて、その真ん中のあたりに木製の玄関扉《げんかんとびら》があるので、猫が口を開けて「にゃーご」と鳴いているみたいに見える。

この家でユノがひとりで暮らしているらしい。湊斗は訳が分からないまま六十平米はありそうな部屋に「好きに使っていい」と通された。

チャコールグレーの石床《ゆか》に、無垢《むく》の木壁《かべ》が囲む部屋は自然光がふんだんに入って明るい。夜になると使うのか、ランタンやランプ、キャンドルも目についた。

庭の緑が見える大きな掃《は》き出しの窓に、金糸入りのタッセルが下がった贅沢《ぜいたく》なドレープのカーテン、大人が寝転《ねころ》べるほど大きく白いムートンラグ、そして鋲飾《びょうかざ》りがついたヴィンテージレザーのひとり掛《が》けと二人掛けの片肘《かたひじ》ソファーに黒檀《こくたん》のローテーブルが挟《はさ》まれている。

左側を見るとアンティーク風の天蓋《てんがい》付きベッドがあり、右の奥はユニット式のバスルームにつながっているようだ。バスルームを覗《のぞ》くとシャワーカーテンの下に猫足《ねこあし》のバスタブが置かれ、部屋から出なくてもひととおり生活できそうなホテル仕様に映った。

——……お姫《ひめ》さまの部屋みたい……？

村の獣人たちの会話から察するに、ここには本来、彼のつがいとなるべき人間の女性を連れてこなければならなかったのではないだろうか。

ユノは広いほうのソファーに湊斗を座らせたあと、一度退室し、風呂《ふろ》にでも入ったのか生乾《なまがわ》きの髪《かみ》のままこの部屋に戻《もど》ってきた。ヒグマと闘《たたか》った際の返り血を洗い流したようだ。血がついていた服から、チャコールグレーのワンピースに着替《きが》えたらしい。ゆるく開いた襟元《えりもと》、上腕《じょうわん》のあたりで弛《たる》ませた袖《そで》、ウエストには腰紐《こしひも》が下がっている。

意を決して「あの……質問してもいいですか」と話しかけた湊斗にユノはちらりと目を遣《や》り、そのままベッドの端《はし》に腰掛《こしか》けた。

助けてはくれたけれど、湊斗を見るときの眸《ひとみ》は冷たいし、口数が少なく、とにかく無愛想だ。彼が「素質のある人間なら誰でもいい」と言ったとおりの雑な扱《あつか》いを受けている。

——『素質』ってなんの素質だろ……。誰でもよかったとしても、無作為《むさくい》に連れてきた責任は取ってほしいよ。

湊斗を召喚したのは他でもなくこの目の前の獣人・ユノなのだ。

「……そもそもここ、どこなんでしょうか」

訊《き》きたいことは山ほどある。難病を患《わずら》いながらもなんとか二十歳《はたち》を迎《むか》えて間もなく病院で死んだはずの自分が、こうして身体的な不自由もなく生きているのだって意味が分からない。

「ここは……獣人たちが棲《す》む世界だ」

いや、それはもう分かってます——と言いたいが、他に説明のしようがないのかもしれない。ユノは短くそう告げただけで、再び黙《だま》ってしまった。

——いっこうに話が進まない……どうしよう。

戸惑っていると「おーい」と誰かの声がして、湊斗は部屋の出入り口のドアのほうへ振り向いた。そこに立っていたのは、さきほど村で会ったオオカミ男だ。彼は「入っていい？」と断って入ってくる。ユノが無言なのは「了解《りょうかい》」と解釈《かいしゃく》していいのだろう。

「キノコ池の脇《わき》で伸びてたヒグマ、言われたとおりにしてきたけど」

ベッドに腰掛けたままのユノにそう告げ、ふたりはうなずきあったあと、オオカミ男は次に湊斗のほうを見た。

「俺はオオカミ獣人のロウ。この世界ではラストネームやミドルネームもないし、敬称《けいしょう》もつけない。ロウって呼んで。きみの名前は？」

「……湊斗です」

訊かれてはじめて、そういえばまだユノにも自己紹介《しょうかい》すらしていなかったことに気付いた。

「湊斗、分からないことだらけで困ってるだろ」

苦笑いする湊斗にロウが顔を寄せ「ユノが訊かれたことにしか答えないから」と小さく告げ口するけれど、ユノにもそれが聞こえたようで眉が不機嫌《ふきげん》そうにぴくっと動く。しかしロウのほうはそんなユノの反応など気にしてなさそうだ。

「ユノとは同じ歳《とし》の幼なじみなんだ。なんでも訊いて。俺で分かることなら教えてあげる」

　ロウの朗《ほが》らかで話しやすい雰囲気《ふんいき》に安心して、湊斗はこくりとうなずいた。

「ここは、僕が生きていたところとは別の世界みたいです」

「うん、湊斗が元いた場所は『人間界』、ここは『獣人界』。湊斗から見るとここは『異世界』ってことになるね。湊斗は異世界に転生したんだよ」

「異世界……転生」

　感覚的にも夢を見ているかんじはない。病院で死んだあとすぐに、ライトノベルやファンタジー映画で見るような『異世界』に転生した、ということのようだ。

　――人が語る『天国』だって、異世界のひとつかもしれないよね。

　異世界など現実にはあり得ない、創作物の世界だと思っていたが、自分がここにこうして立っているという事実を受け入れたらそこはまぁ納得できた。

「ここは獣と獣人が棲む世界なんだけど、つがいとなる人間を召喚させることのできる特別な能力を持った獣人が稀《まれ》に出現する。それが彼、ユノ。出現のセオリーが分からないから神の采《さい》配《はい》だと言われている。さっき会ったファミリアの獣人たち、俺にも、そんな能力はない」

「ファミリア……？　村のこと？」

「ファミリアは『群れ・なわばり』のこと。この生活拠点《きょてん》の地を『村』と呼ぶよ」

　ゾウは『ヘッド』、イヌやオオカミは『パック』など、動物によって群れの呼び方がちがうのと同じで、彼らは『ファミリア』と呼ぶらしい。

「……でも、ユノが召喚すべきは僕じゃなくて、本当は『女性』だったのかなって……村のみんなの反応から、そう感じました」

人間なら誰《だれ》でもいいなら、せめて女性を連れてくればよかったのに、と思う。

「……まぁ、ユノはつがいを召喚《しょうかん》したんだから、村の獣人たちも『女の子が転生してくる』と思ってた。ところがきみが現れたから、最初『誰が召喚したんだ？』って困惑《こんわく》したよね。人間を召喚させる能力を持ったメスの獣人って今はいないはずなんだ」

メスが召喚されるべきところに現れたのがオスの湊斗だった——獣人たちが戸惑《とまど》う意味は分かったが、ユノは相変わらずだんまりだ。

「その辺の事情は、さすがに本人に訊いてもらわないと、かな」

ユノの内情についてロウが答えられないのは当然なので、湊斗はこくりとうなずいた。

親切で話しやすいロウにそのまま別の質問を続けることにする。

「森で僕を襲ってきたヒグマ、村には犬や猫《ねこ》なんかもいるし……頭が完全に動物の獣人が多かったかな。ロウは彼らよりもう少し人間に近いかんじがします」

話が長くなると踏《ふ》んだのか、ロウは湊斗の向かいのひとり掛けソファーに腰掛けた。湊斗も身体《からだ》ごとそちらに向く。

「人間×獣、獣人×獣、獣人同士でも獣人が生まれる。オオカミ獣人の俺は人間の血が濃《こ》く入ってるから、見た目が人間に近い」

湊斗は村で会ったシロクマ頭やワシ頭の獣人を思い浮《う》かべながら、うんうんとうなずいた。

二足歩行はしているけど、彼らは人間の血の割合が少ないということなのだろう。

しかし、そこにいるユノは、ロウとも村の獣人たちともちがう気がする。

「ユノと森で会ったとき、もっと獣の姿が前面に出てたっていうか……。獣身《じゅうしん》のときのユノは、ライオンにもオオカミにも見えたし……でも今は他《ほか》の誰よりも人間っぽいかんじがする」

ユノの今の姿を見れば、自分の姿をより人間らしくコントロールしているのが分かる。

身長だって獣人たちの中ではユノがいちばん高かった。その次がシロクマ獣人で、オオカミ獣人のロウ。もしかするとみんな本当はユノみたいに変身できるのだろうか。

「村の獣人たちも理性を失うと、獣身になることもあるよ。人型を保ち、闘争心《とうそう》を理性でコントロールするのが獣人としての誇《ほこ》りなんだ。でもユノほど完璧《かんぺき》な人型にはなれない」

ロウが「ユノ、自分のことなんだから」とユノに答えを促《うなが》す。

湊斗がユノを窺《うかが》うと、あのアイスグレーの眸で見つめられてどきりとした。

「俺は……ライオンとウルフドッグの交雑で生まれたハイブリッド獣人だ」

ここへきてようやくユノが答えてくれた。

「オオカミじゃなくて、ウルフドッグ……？　ウルフドッグって、何？」

湊斗の問いかけにユノがふいっと目を逸《そ》らしてうつむくので、ロウが「オオカミとイヌの交配で生まれる交雑犬だよ」とウルフドッグについてフォローしてくれる。

ユノの表情が少し悲しげに見えたのが気になるが、今はとにかくこの世界のことが知りたい。

「異種が交雑すると『雑種強勢《ヘテロシス》』により両親より身体が大きく逞《たくま》しく、稀に特殊《とくしゅ》能力まで持った子が生まれる。ストレスに強く、繁殖力《はんしょく》、抵抗力《ていこう》も増すんだ。そういう異種間で生まれた子を『ハイブリッド』と呼ぶ」

湊斗が目を瞬《まばた》かせると、ロウが紙とガラスペンを手に相関図を書き、詳《くわ》しい説明を続けた。

「ライオンとオオカミのハイブリッドでも稀少《きしょう》なのに、ユノはオオカミとイヌの混血であるウルフドッグ、さらにライオンの血が入ってる」

「ウルフドッグとライオンのハイブリッド獣人《じゅうじん》……ってことだよね」

「そう。しかも人の血が濃いハイパーセントタイプ。ユノはヒグマの頭を砕《くだ》けるくらいの握《あく》力《りょく》・腕力《わんりょく》もあるし、手でふれたものの熱を操《あやつ》って攻撃《こうげき》する熱魔法《まほう》っていう希有《けう》な特殊能力も持ってる。この世界では唯一《ゆいいつ》無二で最強のハイブリッド獣人なんだ」

森でヒグマと格闘《かくとう》しているとき、ユノの身体が焼き石にでもなったような熱気を感じたのを思い出した。

「最強の……ハイブリッド獣人」

「人間の血が濃いハイパーセントだと、理性的で、知能が高くなる。逆に獣の血のほうが濃いロータイプだと、怒《いか》りなどの突発《とっぱつ》的な刺激《しげき》で忘我するほど暴走して獰猛《どうもう》になる。野生の血が騒《さわ》ぐってことだね」

ロウの説明に、湊斗は「なるほど」とうなずいた。

「交配すれば必ず子が生まれるというものではないし、ただでさえ交雑のハイブリッドは胎児《たいじ》生存率が低いんだ。交雑が複雑になればなるほど生存率が下がる。だから奇跡《きせき》の確率で生まれたって意味でもユノは稀少なんだ」

ロウにそう説明されている当のユノは目を逸らしたまま。するとロウが湊斗に「それにあのとおり愛想《あいそ》は悪いけど、びっくりするくらい美男子だろ」と耳打ちした。

ロウにそんなふうに言われてあらためてユノを見ると、たしかに、出会ったときの野獣《やじゅう》っぽさは薄《うす》れ、今はグラスアイの美しいドルフィーみたいだ。

ふいにユノと視線が絡《から》み、何か言いたげにその眸《ひとみ》が揺れて、見つめているうちに湊斗はなんだかてれてしまった。同性ではあっても心奪《こころうば》われるほど美男だから、思わず見とれたり、目が合えばどきっとしてしまう。

しかし、そんなカリスマ的存在のハイブリッド獣人がなぜ湊斗をこの世界に召喚したのか、依然《いぜん》として分からない。

「この世界では理知的で人型をキープしている獣人は知能も身体能力も高いし、本能や野性を自らコントロールできることを美徳としてる。人の血が濃いほどその有用性が高まるから、若くて繁殖力のある人間との交雑が不可欠と考えてるんだ。この村の発展はもちろん、他のファミリアと競合するためにも、強いリーダーが必要だから」

この異世界がどれくらいの広さなのかまだ分からないが、ユノの他にもファミリアがいくつかあるということらしい。

「獣人たちは人間の血を取り込んでより強い子孫を残したいから、その目的のために人間を召喚するってことだよね」

「おお、さすが聡明《そうめい》。そういうことです」

それならなおさら、ユノが連れてこなければならなかったのはつがいとなりうる女性だったのではないだろうか。

さっき村の獣人が「ひとりしか召喚できないのに、まちがったのか？」と言っていた。

「でも僕は男だし……ユノのつがいにはなれないと思うんだけど……もしかして誰かとまちがったとか……？」

とんだ勘違《かんちが》い、手違い、人違い――そんなミスが起こったのかもしれない。

「まちがってなどいない」

これまでになくはっきりとした口調でユノが断言した。

「えっ、じゃあ、どうして僕なの？　いつどうやって僕を見つけたのかだって……」

人間なら誰でもよくて、死に際《ぎわ》の人間を転生させたとしても、湊斗以外に世界中を探せばそれこそ彼のつがいにふさわしい若い女性がたくさんいたはずだ。

するとユノは、相変わらず不機嫌《ふきげん》をあらわにしたような顔つきで湊斗を見てため息をつく。

ユノが無言なのでロウに助けを求めると、「さぁ？」というポーズで返されてしまった。

もうフォローできることがないらしく、ロウが立ち上がる。

「あ、湊斗にひとつだけ忠告。無闇《むやみ》にひとりで出歩かないこと。森で会ったヒグマみたいに分別のない獣に襲《おそ》われる可能性があるから」

ロウはそんな話のあと、ユノのほうを見てにんまり笑った。

「でも我がファミリア最強のボス・ユノの傍《そば》にいる限りは、だいじょうぶ」

ロウは親指を立ててにっと笑い、「なんか困ったら、向かいの家にいるから声かけて」と部屋を出て行った。

見送って振《ふ》り返ると、ユノは右脚《みぎあし》を抱《かか》えてベッドに座ったまままあさっての方を向いている。

——何その『しゃべりかけるなオーラ』……肝心《かんじん》なことは話してくれないし、その態度だし。つがいなんて宣言したものの、ただ自分のまちがいを認めたくなくて引っ込みがつかなくなり、意固地になっているだけではないだろうか。

でもこのままふたりとも無言で過ごすわけにはいかない。

獣人と獣が棲《す》む世界で、どう考えても人間の湊斗は脆弱《ぜいじゃく》だ。どれだけ彼が無愛想であっても、あの巨大《きょだい》なヒグマから助けてくれたのは事実だし、簡単に傍を離《はな》れるわけにいかない。

湊斗は意を決して、ユノの前に進み出た。気配に気付いたユノがちらりと目線を上げる。

「僕は……ここに、ユノのところにいてもいいの？」

ずっとなのか、しばらくなのかだって分からない。ユノのまちがいなのか、きまぐれなのか、彼が今後本気で湊斗をつがいとして扱《あつか》うつもりなのかも、いまだに。

ユノがなんと答えるのか、それとも答えてくれないのか——湊斗が不安に思ったとき、彼がためらいがちに口を開いた。

「……ここにいてほしい」

懇願《こんがん》の言葉と、少し柔弱《にゅうじゃく》な声に聞こえたから、湊斗は目を瞬かせる。強気な態度で不遜《ふそん》な言葉が返ってくるか無視されると思っていたので、想定外すぎたのだ。

ユノは眸を揺《ゆ》らし、その表情に戸惑いが滲《にじ》んでいる。湊斗は不可解さに眉《まゆ》を寄せた。

彼は湊斗が傍にいることを望んでいる——会ったばかりの人に対して、普通《ふつう》そんなふうに思うだろうか。

「……あの……僕はユノを知らないはずなんだけど……ほんとはどこかで会ったことがあるの？　僕が覚えてないだけ？」

なんとなく、初対面の人から言われる言葉とは思えずそう問いかけたが、ユノは相変わらずむっと口を歪《ゆが》め、湊斗がさらに身を屈《かが》めてユノの顔を覗《のぞ》き込むと、目のやり場に困っている。

——……もしかして……これ……横柄《おうへい》だとか不機嫌なわけじゃなくて、てれてるだけ？

しかし湊斗はユノに見覚えはないし、依然として『知らない人』に変わりはない。

湊斗は困惑《こんわく》して首を傾《かし》げた。

「僕……ユノにずっと睨《にら》まれてる気がしてたんだけど。さっきロウと話してる間も、ユノはあんまり答えてくれなくて、むすっとして」

あえて遠慮《えんりょ》せず、そう突《つ》っ込んでみた。するとユノは険しく眉を寄せる。答えに困っているのか眸をうろうろとさせて、小さくため息をついた。

「……不機嫌にしてるつもりはなかった。それは……だから、俺のつがいなのに……って」

「…………」

つまり、ロウとばかりおしゃべりしていたのがおもしろくなかっただけ、だろうか。

　湊斗が言葉を失って驚《おどろ》いていると、視線が交わった瞬間《しゅんかん》にぷいと顔を背《そむ》けられた。そういわれてみれば、その横顔は不機嫌なわけではなく、気まずそうだ。

　これまでどういうつもりでユノが湊斗のことを『つがい』と言うのか、どこまで本気の言葉なのか分からなかった。今だって真意は不明だが、護《まも》ってくれようとしているのは確かだし、湊斗をつがいとして召喚《しょうかん》したのは彼なのだ。

　――何それ……やきもちみたいなこと？　自分が口下手なせいなのに？

　湊斗は思わず口元がゆるみそうになり、そこを指で隠《かく》した。

独占欲《どくせんよく》から嫉妬《しっと》して、目の前のつがいを異様に意識した結果、がちがちの態度になってしまっている……ということだろうか。

　しかしこんな斜《なな》めな態度では伝わるものも伝わらない。まるで好きな子にいじわるしてしまう小学生みたいだ。

　――え……この人、何歳？　ろくに恋愛《れんあい》経験のない僕がえらそうなことは言えないけど。

　分かりづらい言動はあらためてほしいが、とにかくユノは「ここにいてほしい」と言ってくれた。彼が望むその真意や目的はいまだに釈然《しゃくぜん》としないが、見ず知らずの世界で不安だった湊斗の心に思いのほか強く響《ひび》いた。

「もともと人見知りなのかもしれないけど、それでも……もうちょっと……僕にも分かるように話してほしいかな。知らないところにいきなり来てしまって、心細いし、不安だから」

　自分の今の気持ちを素直《すなお》に伝えると、ユノははっとした顔をする。

「…………心がける」

申し訳なさそうな表情でぼそっと短く返ってきたけれど、心を寄せて時間をかけて話せばちゃんと応《こた》えてくれる人だ――それが垣間見《かいまみ》えて、湊斗の気持ちもいくらかほぐれた。

まだ分からないことがたくさんある。それらはユノに教えてもらわなきゃならない。

「あ……あの、とにかく、お世話になります……よろしくお願いします」

あらためての挨拶《あいさつ》にユノは目線を泳がせ、ややあって返ってきたのが「お菓子《かし》は、好きか」だったから、それも想定外すぎて湊斗は今度こそ破顔し、「うん、好き」と答えた。


湊斗は、今度は別の理由で困惑していた。

「こ……んなにたくさんは、食べきれない……かな」

ランタンの明かりの下にあるのはクッキーやマドレーヌやフィナンシェ……に見た目がそっくりの焼き菓子だ。ひと切れずつ蠟引《ろうび》き紙で個包装されたパウンドケーキに似たものは、何が入っているのか薄いグリーンやピンク色をしている。

「……人間界にあるお菓子に似てる」

「かつて転生してきた人間から、菓子の作り方を教わった獣人《じゅうじん》がいるからな。でも人間界のものとちがって、小麦より木の実をすり潰《つぶ》した粉の配分が多い……と作った獣人が話してた」

「アーモンドプードルとか、かな。人間界のお菓子にもそういうのあって、僕はそれがとても好き」

人間から教わって作った菓子なら、安心して食べられそうだ。

黒檀《こくたん》のテーブルにのりきらなかった焼き菓子は三段ワゴンのぜんぶに詰《つ》め込まれ、壁際《かべぎわ》のカウンターには、これも人間に教わったのか、紅茶、ハーブティー、フルーツジュースなど、ファミレスのドリンクバーみたいにずらりと並ぶ。

「あしたになれば、チーズケーキやフルーツケーキも用意できる」

「う、うん、とりあえず……これをぜんぶ食べてからでいいかな」

このままだと、マリー・アントワネットの贅沢三昧《ぜいたくざんまい》ティーパーティーみたいになりそうだ。

おやつに毎日食べても、一週間くらいかかりそうな気がする。

心細くて不安だと訴《うった》えたら、さっきまでのひたすらつっけんどんな態度から一転した。

急にユノから甲斐甲斐《かいがい》しくお世話されて最初は驚いたが、悪い気はしない。湊斗の気持ちを理解し、態度を改めてくれたことがうれしい。

「ユノも、一緒《いっしょ》に食べる？」

湊斗が誘《さそ》うとユノは一瞬《いっしゅん》戸惑《とまど》い、アーモンド色のマドレーヌを選んだ。

——表情は相変わらず硬《かた》いけど、僕のティータイムにつきあってくれるのか。

愛想《あいそ》良くというかんじではないものの、彼なりに気を遣《つか》ってくれている。その大きな身体《からだ》で小さなお菓子をもそもそと食べる姿は、湊斗の目にはなんだかかわいく映った。

——お菓子の量が半端《はんぱ》ないし、甘いものが好きなのかな。

湊斗がけほっと噎《む》せると、ユノが「飲み物がなかったな」と再び立ち上がる。

ユノは湊斗のための紅茶と、自分はハーブティーを飲むつもりのようで準備し始めた。

「紅茶は自分でやるよ。ユノがハーブティーを飲むなら、僕も同じのにすればよかった」

ユノが「座っていろ」と言ってくれるけれど、ひとりで二種類準備するのはたいへんだろうから隣《となり》で手伝うことにする。ユノは自身の『熱を操《あやつ》る』という特殊《とくしゅ》能力を使って、火を使うことなくケトルの湯を沸《わ》かしてみせた。熱魔法《まほう》は攻撃《こうげき》のためだけに使われるものじゃないようだ。

「僕は紅茶だったらミルクとお砂糖を入れるんだけど、ユノは？」

「俺は何も入れない。あ……そのケトルは熱いから気をつけ……」

ユノが忠告するそばから、持ち手の金具に指でうっかりふれてしまった。

湊斗が「熱いっ……」と小さく声を上げた直後、ユノが咄嗟《とっさ》にその手を掴《つか》んで火傷《やけど》した小指を口に含《ふく》んだから驚いた。

「……っ……」

ユノの舌が指にあたっているところから走るぴりっとする痛みに、湊斗は身を縮めて顔を歪める。しかし普通はそんなことで治せるはずがない。実際、火傷したところはじんじんと疼《うず》いている。

ところがいくらかそうしているうちに、痛みが引いてきた。

「……え……あれっ……？」

湊斗が火傷をした指を、ユノがカウンターに備えつけの水道で軽く流したあと、そこをティークロスで優《やさ》しく拭《ぬぐ》ってくれる。ユノは再び念入りに指を確認《かくにん》し、ほっと息をついて「もうだいじょうぶだ」と湊斗の手を放した。

火傷したはずの指に痕《あと》はなく、ずきずきと響くような独特の痛みもない。

「……ユノが治してくれたの？」

「わずかだが、俺には治癒《ちゆ》力がある。小傷やこの程度の火傷なら治せる」

とくにドヤることもなく、ユノは控《ひか》えめにそう答えた。

「えっ……すごい、ユノってそんなこともできるんだ。ありがとう」

「……たいしたことじゃない」

ずっとつんつんした態度だったけれど、「お菓子は、好きか」の会話以降、ぐっとユノとの距離《きょり》が縮まった気がした。

――てれやさん？　いわゆるコミュ障？

彼の無愛想さが敵意からくるものじゃないと分かれば、湊斗の気持ちもすっかり和《やわ》らいだ。

結局、ユノが紅茶もハーブティーも淹《い》れてくれることになり、湊斗はそれを傍《そば》で見守る。

「舐《な》めて治せるのは外傷だけだよね、さすがに」

たとえば内臓の疾患《しっかん》や重い病気などは治せないのではないだろうか。

「癒《いや》しの力で一時的に痛みを和らげることはできる、という程度だ。でも湊斗は……俺とは比べものにならないくらい治癒力の高い蜜《みつ》を指先から出せる」

出せると言われて、湊斗は自分の指をおもてから裏からと観察してみた。

「僕の指……どこも変わったところはないけど」

どこからどう見ても普通《ふつう》の指だ。

「訓練すれば、指先から蜜を滴《したた》らせるところをイメージするだけで出せるようになる。今でも俺の治癒力を上回るが、湊斗の本来の力を発揮できれば、ケガや病に苦しむ者を助けたり癒《い》やしたりできるようになる」

ユノはなぜか気まずそうにしているが、「うん？」とその先の説明を促《うなが》したら判明した。

「強い獣人と交尾《こうび》……性交すると、湊斗の身体には現在を遥《はる》かに上回る強力な治癒力が宿るんだ。その治癒力が浸透《しんとう》した体液を指先から甘蜜として出して他者に与《あた》える。でも自分で自分自身を癒やすことはできない」

さらっと説明されたが、ものすごいことを言われた気がする。

「治癒力を持った蜜だけじゃなく、場合によっては毒蜜を生成してしまうこともある。匂《にお》いや味、見た目では甘蜜なのか毒蜜なのか分からない」

「……どういうときに毒蜜になるの？」

「性交の相手に対して身体が拒絶《きょぜつ》反応を示したとき、命に関《かか》わるほど強烈《きょうれつ》なストレスがかかったときも毒蜜をリジェクトして、自身を外敵から護ろうとする」

毒で攻撃したり、あえて喰《く》わせて道連れにするなど、自然界にもある自衛機能だ。

――その……性交って、セックスするってことだよね。ここでは『交尾』っていうのか。

ユノにつがいとして召喚されたということは……と考えていたところで、ふたりはソファーセットへ移動した。

淹れた紅茶とハーブティーをテーブルに置き、湊斗は山ほどあるお菓子の中からフィナンシェを手に取る。ひとくち食べたお菓子の味より、頭の中は「性交……交尾……」でいっぱいだ。

「えーっと……つまり、僕はオスだからハイブリッド獣人の子孫を残せないけれど、ユノと交尾すれば、僕に宿る治癒力で他《ほか》の誰《だれ》かの役に立てるかもしれない、ってことかな。あ、『素質がある』っていうのはつまり『高い治癒力を発揮できる』ってこと？」

恥《は》ずかしがってもしょうがないのでさくさく問い返して確認すると、ユノは「そうだ」とテーブルのハーブティーに目線を落としたまま答えた。

「ある程度のケガや病には薬師《くすし》が調合した薬草を使うが、それで治すのには限界がある。だからその薬効を遥かに上回る、人間が持つ治癒力がこの世界では貴重なんだ。他のファミリアの獣人たちも、湊斗の力を欲しがるだろう」

「他のファミリアのことを詳《くわ》しく聞かせて」

ユノが「あれが獣人界の地図だ」と、壁《かべ》にかかった古地図のリトグラフを指す。

「この獣人界は大小いくつかの島からなっていて、その中でもここはいちばん大きな島だ。本島にはうちも含めて九つのファミリアがある。他に、一つのファミリアが占有《せんゆう》する島、二つのファミリアが暮らす島もあるし、獣だけが棲《す》む無人島、草木だけの島も」

今いる島はオーストラリア大陸をもっといびつに、スリムにしたようなかたちだ。その面積は一千平方キロメートルほどなので東京都の半分くらい。さらに北東のほうにも大きさが異なる四つの島があり、この島から他の島へ泳いで渡《わた》れるようなものではないみたいだ。

「ファミリア同士で互《たが》いを不必要に干渉《かんしょう》しない、領地を越《こ》えて逸脱《いつだつ》もしない。この世界で平和に暮らして行くために、なわばりを侵《おか》さないという暗黙《あんもく》のルールはある」

地図上でも離島《りとう》合わせて十二あるファミリアは森や川で隔《へだ》てられている。ちなみに今いるこのファミリアのなわばりは本島の東側に位置し、新宿《しんじゅく》区くらいの広さだろうか。その中で、実際に獣人《じゅうじん》が生活している場所はもっと範囲《はんい》が狭《せま》い。

「ユノはこのファミリアのボス……なんだよね？」

ロウがさっきそう話していた。ハイブリッド獣人で人の血が濃《こ》いハイパーセント、希《け》有な存在なのだと。

「そうだ。普通はオオカミ獣人だけとか、一種だけで仲間を集めることも多いが、ここは複数の種の獣人が集まってファミリアを形成し、農作物、衣服、生活のための道具など作って、助けあって生きている。一種で固まるより多様なほうが可能性が広がると思うから」

種を越えて助けあって生きていくという考え方に、湊斗はうなずいた。

ユノは独裁者や絶対王制の王様みたいな、支配的な印象がない。獣人の能力に差があっても、同じ群れで暮らす仲間は家来や手下ではなく『一族』という考え方に近そうだ。

「俺はこの島中心の最大のファミリアから独立して、自分の群れを持った。古巣のファミリアはもちろん、他のファミリアとも穏便《おんびん》に、等価交換《こうかん》で平和的な関係を築きたいが、いろんなボスがいてうまくいかないこともある。ファミリア内で小競《こぜ》り合いしているところもあるし」

獣の血の気が多いボスもいるだろう。自然の動物の世界でも暴力支配、民主主義、年功序列、君主制など、群れの性質はそれぞれにちがうのだから当然だ。ボスを倒《たお》して下剋上《げこくじょう》を目論《もくろ》む若い獣人がいれば、ファミリア内の均衡《きんこう》が崩《くず》れたりするかもしれない。

――『ナショナルジオグラフィック』で、そういう映像を観《み》たことある！

湊斗が大好きだった動物のドキュメンタリー番組を思い出し、ちょっと興奮してしまう。

ユノはマドレーヌを口に運び、湊斗も思い出したようにフィナンシェの残りを食べた。しっとりとした舌触《したざわ》りとバターの香《かお》りが鼻を抜《ぬ》け、ようやくお菓子《かし》のおいしさを感じられる。琥珀《こはく》色《いろ》の紅茶はすっきりとした味わいだ。

「プライドやヒエラルキーにこだわってファミリア内で潰《つぶ》しあえば、結果的にその群れは衰退《すいたい》する。力のある者だけが潤《うるお》い、弱い者はろくに食べられず痩《や》せ細り、虚弱《きょじゃく》な子どもが生まれ、干ばつや疫病《えきびょう》で命を落とすことになる。……俺はそんなことで仲間を失いたくない」

ファミリアのボスとしてのユノの考え方は、野生としてのプライドが高い動物や獣人にとっては受け入れがたいものかもしれないが、湊斗は感銘《かんめい》を受けた。

「テレビで『厳しい自然環境《かんきょう》に順応するライオンの群れが現れた』っていうのを観た。群れの中でオス同士が争わずに平和的に暮らして、子ライオンたちもすくすく育ってるって」

従来どおり一匹《いっぴき》のオスライオンと複数のメスライオンで群れを形成するのではなく、数頭のオスがメスたちを引き連れて群れをつくり、共同生活しているというものだった。

「他のファミリアとの関係も同じように、双方《そうほう》の弱いところを補い、助けあって生きるほうが結果的にみんな豊かになれると思うんだが……軟弱者《なんじやく》の考え方だと嗤《わら》うボスもいる」

「そっか……でもユノの考え方、僕は素敵《すてき》だと思うな」

なんだって新しいものに変えるには判断力や決断力、勇気も必要だ。人間の世界がそうであるように、否定的・保守的な、野生としての誇《ほこ》りが高い獣人たちはそれに反発するだろう。

「今周りにいるのは、賛同してついてきてくれたり、新しく加わった獣人たちだ。でも村の外の森で暮らす獣たち、他のファミリアの獣人たちには充分《じゅうぶん》注意してほしい。ここは人間界のようなセキュリティーは整っていないから」

「うん」

世の中にはいろんな人がいるし、山でクマに遭遇《そうぐう》すれば危険なのは当たり前だよね——と、湊斗は普通に抱《いだ》くべき危機感という程度でユノの忠告を聞いていた。


ティータイムの途中《とちゅう》で、ユノが「他のファミリアのボスと会う約束がある。疲《つか》れているだろうから、ベッドでゆっくり休んでいてくれ」とこの家を出て行った。

時計がないので時間が分からないが、窓の外はすでに暗い。手入れの行き届いた庭の草花、その向こうは背の高い生垣《いけがき》が敷地《しきち》をぐるりと囲んでおり、しんと静かだ。

広い部屋には暇《ひま》つぶしになるテレビやゲーム機はない。代わりにあるのはチェス盤《ばん》のようなボードと動物を模したと想像できる駒《こま》だが、チェスすらやったことがないため遊び方がてんで分からない。

手持ち無沙汰《ぶさた》になり、湊斗はソファーに置いてあった膝掛《ひざか》けほどのサイズのブランケットを手に取った。シルバーフォックスの毛皮でできているそれにふれると、どことなくなつかしいかんじがする。

――色がちょっとジュノンに似てる。

昔飼っていた犬のことを思い出して、湊斗はほほえんだ。

それからブランケットを握《にぎ》ったまま、天蓋《てんがい》付きベッドに横たわった。キャンドルの明かりがとろとろと揺《ゆ》れている。天蓋からたっぷりとドレープをとったシフォンカーテンで、その裾《すそ》に施《ほどこ》されたクリスタルガラスのフリンジが煌《きら》めいて綺麗《きれい》だ。清潔で真っ白なふかふかの寝具《しんぐ》は心《こ》地《ち》よく、うっすらとベルガモットやラベンダーが香る。

――火傷騒《やけどさわ》ぎのあと話しこんだとき、『メスじゃなくて僕を召喚《しょうかん》したのはどうしてなのか』を訊《き》きそびれちゃったな……。人間でも同性を好きになる人はいるし……ユノもそうなのかな。お姫《ひめ》さまなら似合いそうなベッドで、「とはいえ、どうして僕なんだろ」と首を傾《かし》げずにはいられない。

同性だからユノとの間に子どもはできないが、湊斗には獣人たちを治癒《ちゆ》する力があるらしい。

湊斗は自分の指を翳《かざ》して見た。指先から治癒力の高い甘蜜《みつ》を出せるとのことだったが、じっと睨《にら》んだところでなんの変化も起きない。

――僕にそんな力があるなんて、ほんとなのかな……。もし僕がなんの役にも立たなかった

考え事をする間もなく湊斗は眠《ねむ》りに落ちた。

シルバーフォックスのブランケットに顔を埋《うず》め、ため息とともにまぶたを閉じると、さして考え事をする間もなく湊斗は眠《ねむ》りに落ちた。

随分《ずいぶん》前の夢を見た。これは夢だと、自分でなんとなく分かるという、少し不思議な感覚だ。

湊斗は三きょうだいの末っ子で、共働きの両親がいる五人家族だ。

湊斗が中学校入学直前のこと。家の庭に置かれた段ボール箱の中に『飼ってください』と書かれた紙と革紐《かわひも》の首輪をつけた仔犬《こいぬ》が入っているのを、湊斗が見つけた。仔犬はシベリアンハスキーみたいな毛色で、顔つきもそれっぽい。

湊斗の家族はみな犬好きで、数年前まで飼っていた老犬が亡《な》くなったあと、新たにペットを迎《むか》え入れることなく時間が経《た》っていたし、『飼ってください』なんて書き置きされて、「じゃあ保健所か警察に連絡《れんらく》しよう」とは誰《だれ》も言い出さなかった。

仔犬の首に結ばれた革紐には『ＪＵＮＯＮ』と刻印された真鍮《しんちゅう》のネームタグと、ラベンダー色のカラーストーンのチャームがついていた。だから仔犬にはそのまま「ジュノン」と名付け、ネームタグとカラーストーンは新しい首輪にそのまま移して取りつけた。

最初に見つけた湊斗はジュノンを溺愛《できあい》し、ジュノンも家族の中でいちばん湊斗になついた。

それから一年が過ぎて迎えた中学二年生の春、湊斗は持病が悪化したため入院が決まり、ジュノンに「戻《もど》ってくるから待ってて」と約束したけれど、それから半年、家に帰ることができなかった。

湊斗が長い入院生活を終えて家に戻ると、ジュノンの姿がなかった。湊斗が入院して三カ月ほど経った頃《ころ》、家からいなくなっていたらしい。家族が手を尽《つ》くして捜《さが》したものの、見つからないまま。家にはちぎれたジュノンの首輪が残されていた。湊斗が入院している間にもどんどん成長していたし、「ジュノンが自分で引きちぎったのだろう」と家族は話していた。

湊斗は、ジュノンが残したネームタグとカラーストーンのチャームを握りしめて泣いた。

以降も湊斗は何度も入退院を繰《く》り返し、最後の二年間は病院から出ることもかなわずに。そうして一生を終えるまでの間、ジュノンのネームタグとカラーストーンをおまもりとして、病院のベッドの手すりに括《くく》りつけていたのだが……。

──あのカラーストーン……今、僕の首にさがってるのに似てる……？

そういえば異世界へ転生したあと、見覚えのないネックレスを身に着けていた。森の水鏡で確認《かくにん》する間もなくヒグマに襲《おそ》われ、混乱の中ですっかり忘れていたのだが……。

──鏡……どこ……。

早く確認したいという気持ちに駆《か》られ、この夢から醒《さ》めなければ、と思う。なのに身体《からだ》が重い。浮上《ふじょう》したい思いとは逆にどんどん深く、泥濘《でいねい》に沈《しず》んでいくような感覚が気持ち悪い。

──いやだ……！　怖《こわ》い……！　助けて……！

気力を振《ふ》り絞《しぼ》って目を開けたときだった。大きくて黒い何かが、湊斗の身体にのしかかっている。

「――っ……‼」

悲鳴を上げる寸前に、口を大きな手できつく塞《ふさ》がれた。

湊斗が満身の力で抵抗《ていこう》しても、相手はびくともしない。消灯した覚えもないのに部屋のランタンやランプなど明かりがすべて消えている。

湊斗を組み敷《し》く不気味な黒い影《かげ》――大きな窓の外からさす月明かりの中に浮《う》かび上がった輪《りん》郭《かく》で、ユノじゃないことだけははっきりと分かった。獣《けもの》の丸みのある耳が生えた頭部と、鋭《するど》い眼光が薄暗闇《うすくらやみ》でぎらりと妖《あや》しく光る。

「非力な人間のおまえが抵抗しても無駄《むだ》だ。おとなしくしろ」

ひしゃげたような不明瞭《ふめいりょう》な声、獣のにおい、生臭《なまぐさ》い息遣《いきづか》い。おそらく、人の血が薄《うす》いロータイプの獣人なのだろう。

ベッド横のチェストに置かれた香炉《こうろ》から煙《けむり》が燻《くすぶ》っている。

――村の獣人？　それとも他《ほか》の……。ち、力が……抜ける……。あの香炉に薬物が……？

香炉で妙《みょう》な薬草などを炷《た》いているのかもしれない。

「筋弛緩《しかん》が効いているようだな。抵抗せず身を任せたほうが気持ちよくなれるぞ？」

ユノが留守の間を狙《ねら》い、筋弛緩効果がある薬物を使う――獣の獰猛《どうもう》さにわずかでも人間の知能が加わっているからたちが悪い。

「おまえと交わってその血を取り込めば俺の力は増幅《ぞうふく》し、最強のファミリアをつくれる！　俺がおまえのつがい、俺が新しいボスだ！」

死んだあとの世界でも、穏《おだ》やかには生きられない。これからこの獣臭《けものくさ》い獣人に手荒《てあら》に蹂躙《じゅうりん》される一生が始まるなら、今すぐ死んだほうがマシではないだろうか。

――……いやだ……そんなふうに思いたくない……！

生きたくても生きられない命があるのに。病院で死んでいった人たちの無念を思ったら、そんなふうに考えることすら彼らに対する冒瀆《ぼうとく》に思える。

異世界に転生して、健康な身体を手に入れ、まだ分からないことだらけで不安はあるけれど、新しい人生が始まったのだとうれしかった。でもまだ、自分は何もしていない。

――ユノ……ユノ……！　助けて……！

家族に大切に愛され、可能な限り思い出も作って、充分に生きたと思っていた。湊斗に思い残しがあるとすれば、もう少し人並みに、恋《こい》をしたかったということくらいだ。

――いやだ……僕は生きたい……！　ユノ……！

涙《なみだ》が溢《あふ》れる。湊斗は心の中で強く、ユノの名前を呼んだ。助けてと叫《さけ》んだ。

「湊斗！」

ユノの声が聞こえた。

気が遠くなっていく中、突然《とつぜん》、身体にのしかかっていた重みが消えた。続けざまに大きな物音と獣の唸《うな》り声、怒号《どごう》が入り交じる。何かが壊《こわ》れ、ガラスが割れ、たいへんなことが起こっているのは頭の隅《すみ》で分かるが、湊斗はまぶたを閉じたままで身体を動かせない。でも、ユノが助けに来てくれた、ということだけは感じていた。

明かりがついたのか、閉じたまぶたに光を感じ、「窓から逃《に》げた！　ロウ、追え！」というユノの声が耳に届く。ユノだけじゃなく、ロウも一緒《いっしょ》に来てくれたようだ。

「湊斗……！　だいじょうぶかっ！」

すぐ傍《そば》で名前を呼ばれ、湊斗はまぶたを震《ふる》わせつつもなんとか目を開けた。

そこにいたのは、ひどく狼狽《ろうばい》したユノだ。目が合うと、彼の逆立った毛髪《もうはつ》が和《な》いでいく。

「湊斗！」

ユノのそれが泣き出しそうな声に聞こえ、湊斗は彼に「だいじょうぶ」と伝えたくて、がんばって口元に笑《え》みを浮かべる。ユノが切なげに顔を歪《ゆが》ませ、湊斗はそのまま抱《だ》き起こされた。

「湊斗、これを飲めるか？　薬草特有の苦みがあるが……ゆっくり」

杯《さかずき》の液体を飲まされるが、口の端《はし》からこぼれ、気管に入って噎《む》せてしまう。

「口移しにするから。……それに、俺の体液ごと飲んだほうがいい」

言われている意味を理解する間もなく、ユノのくちびるで口を塞がれた。

湊斗がこぼさず飲めるように少しずつ、ユノが量を調節して飲ませてくれる。

「んんっ……」

舌が痺《しび》れるほどの苦みに、湊斗は顔をしかめて呻《うめ》いた。それでもユノによしよしと宥《なだ》められながらどうにかすべて飲み終える。

湊斗はユノに抱きしめられたまま、ほっと身を委《ゆだ》ねた。

「もうだいじょうぶだ……」

そうやってしばらくユノの腕《うで》の中にいたあと、ベッドに横たえられた。ユノが身を離《はな》す気配を感じて、湊斗は咄嗟《とっさ》に彼の背中に手を回してしがみつく。まだ離れたくない。

「……こわ……かった……」

湊斗の強い不安感を理解したユノが、寄り添《そ》って添い寝《ね》してくれる。湊斗はユノの胸に顔を埋め、まぶたを閉じていた。そこで深呼吸すると、ユノの身体からはハーブや草木のようなとてもいいにおいがする。さっきの獣人とは、ぜんぜんちがう。

「筋弛緩作用のある樹皮を香炉で炷かれたようだ。この程度の量なら獣人には効かないが、人間は身体が小さいから……。樹皮は一時的に身体の自由を奪《うば》うだけで、多量に常用しなければ健康を害するものじゃない」

ユノは湊斗を抱きしめたまま「……くそ……ひとりにするんじゃなかった」と呻いた。

「……湊斗を襲ったのは、他のファミリアのクロヒョウ獣人だ。さっきまで会ってたボスの隷《れい》属《ぞく》のひとりがいなくなったと騒《さわ》ぎになってた。人間が転生してきたことを知って暴挙に出たんだろう」

さっき口移しで飲んだものが効いてきたらしい。呼吸が随分ラクになり、頭がぼんやりしていたのも取れてきた。

「後先考えず突発《とっぱつ》的に行動を起こすほど、獣人も獣も、人間の血を欲《ほっ》してしまう」

そういえばユノが「人間が持つ治癒《ちゆ》力がこの世界では貴重なんだ。他のファミリアの獣人たちも、湊斗の力を欲しがるだろう」と話していた。

「血……を……？　吸血するの？」

湊斗が問いかけると、ユノが気遣《きづか》わしげに顔を覗《のぞ》き込んで、くしゃくしゃの前髪《まえがみ》を梳《す》くようになでてくれる。

「吸血はしない。湊斗が持つ高い治癒力がこの世界では貴重だってことを話したが……獣人が人間を欲しがる理由は他にもある」

より高い治癒力を持つ甘蜜《みつ》が必要なら、湊斗が強い獣人と性交しなければ備わらないものだ。取って喰《く》うような真似《まね》をしても、最悪の場合、甘蜜どころか毒をリジェクトしてしまう。

「性別関係なく湊斗と交われば、体液を取り込むことで獣人としての能力を高められるんだ。ロータイプの獣人は交尾《こうび》を繰り返すうちにハイパーセントになれる。メスなら、強いハイブリッドの子どもを授《さず》かるかもしれない。だからオスもメスも生存本能から『人間と交尾したい』と欲求《よっきゅう》する。『薬物で人間の判断力を奪って我が物にしたい』と考える者もいるだろう」

判断能力を失えば自衛本能が働かず、毒をリジェクトできなくなるらしい。

「森でヒグマが僕を襲ったのは……？」

「人間を喰うことで強い繁殖《はんしょく》力や身体能力を得ることができる」

「獣も獣人も……人間の血を取り込んで強くなりたい、強い子孫を残したい……って本能で求めるってこと……？」

「そうだ」

恋愛《れんあい》感情がなくても生理的に無理じゃなければ性行為《せいこうい》ができるのは人間も同じかもしれないが、そんな私欲に利用されたくないし、湊斗自身はできれば好きな人とそうなりたいと思う。

「人間並みに理性的な獣人は倫理《りんり》観も高いから、俺のつがいとして連れてきた湊斗をそう簡単に襲ったりはしないけど……。獣人のメスだってたぶん湊斗より力が強い」

だからロウも「村の外の森で暮らす獣たち、他のファミリアの獣人たちには充分《じゅうぶん》注意して」と忠告したのだろうけれど、湊斗は「山でクマに遭遇《そうぐう》すれば危険なのは当たり前だよね」という程度に捉《とら》えていた。

異性なら繁殖できる、同性でも能力を高めるメリットがある――ここはそんな本能の欲求に理性で抗《あらが》えない獣人がそこかしこにいる世界なのだ。自分の身に降りかかる危険の度合いをようやく理解して、湊斗はユノにぎゅっと抱《だ》きつく。

さっきみたいな獣人に薬物を嗅《か》がされて襲《おそ》われたら、自分はいったいどうなってしまうのか、想像もできない。

「この世界はヒエラルキーのトップが『ハイブリッド獣人』。次が『獣人』、そして『獣』。『人間』は神格化されてるけど、秩序《ちつじょ》を乱し壊そうとする者はこの世界にだっている」

人間界でもヒエラルキーを重んじる者もいるし、下剋上《げこくじょう》を狙う者もいる。

「怖《こわ》い思いをさせて悪かった……」

ユノに優《やさ》しく抱擁《ほうよう》され、湊斗は安堵《あんど》して目を閉じた。彼の大きな身体《からだ》にすっぽり覆《おお》われ、丁《てい》寧《ねい》にそっと髪《かみ》をなでられるうちに、心もずいぶん和いだ気がする。

「……苦しくないか？」

湊斗は「ううん」と首を振《ふ》った。さっき襲ってきた獣人よりユノのほうが大きいのに、こうして腕の中に閉じ込められてもちっとも怖くない。

「ユノ、悪い……逃げられた」

ロウの声がして、ユノがわずかに身を起こす。

ロウがユノと湊斗がベッドで抱きあっている様子に気付くと「う、わ、ごめん」と慌《あわ》てたため、ユノは「落ち着くまでこうしていただけだ」と不機嫌《ふきげん》そうな声で返して、ロウの報告を受けるべくベッドを下りた。

「クロヒョウ獣人《じゅうじん》の血を辿《たど》って追ったが、森の川岸で血痕《けっこん》もにおいも消えていた」

「刃先《はさき》に忍《しの》ばせた毒が多少は効くだろうが、焦《あせ》りすぎて致命傷《ちめいしょう》にならなかった。くそっ……」

ユノは床《ゆか》に落ちていたダガーナイフを拾い上げ、忌《い》まわしげに顔を歪ませている。

「まぁ……とにかく湊斗が無事みたいでよかった」

ロウがベッドのシフォンカーテンを捲《めく》って覗いてきたので、湊斗は笑ってみせた。

「ユノが『俺のつがいだ』って堂々と宣言したから、この村の獣人は湊斗に近付かない。でも人間が転生してきたっていう噂《うわさ》は、よその群れにも広がる。このファミリアの外には賊《ぞく》みたいなやつらもいるし、規律も不文律も関係ない獣たちにとって、人間は美味で最高の滋養強壮食《じようきようそう》品扱《あつか》いだから……。これからはユノの傍を片時も離れないほうがいいね」

ロウは湊斗にそう助言したあと、次にユノと向き合った。

「ユノが湊斗を召喚《しょうかん》したわけだし、つがいだっていうならもう『そうする』以外に彼の身の安全を保障する術《すべ》はないいんじゃない？」

するとユノが言葉に詰《つ》まったあと、「分かってる」と苛立《いらだ》ちもあらわに答える。

「あした明るくなってからもう一度、あのクロヒョウ獣人の行方《ゆくえ》を探《さぐ》ってみるよ」

「俺は向こうのボスにこの件を報告し、あちらの出方次第《しだい》でさっきの交易の話は破棄《はき》する」

ロウはユノのその発言には首を竦《すく》めただけでとくに反論はせず、「じゃあ、またあした」と部屋を出て行った。

湊斗がベッドから身を起こすと、ユノが慌てて駆《か》け寄ってくる。

「起きるのはまだ無理だ」

「だいじょうぶだよ。もう、どこも苦しくないし、なんともない」

無事だと伝えたくてベッドから両脚《りょうあし》をおろして立とうとすると膝《ひざ》からがくんと力が抜《ぬ》けてくずおれそうになり、それをユノが支えてくれた。

「あの樹皮は足にくる。言うことをきいておとなしくしていろ」

「……ごめん」

湊斗は再びベッドに戻《もど》されて、その端《はし》にユノが腰掛《こしか》けた。

自分の身体は思ったように動かせないけれど、思いのほか頭ははっきりしている。だから湊斗は気になった部分を問うてみることにした。

「さっきロウが言ってた、召喚した僕の『身の安全を保障する術』って……僕が思うに……ユノと交尾すれば僕は獣や獣人に襲われなくなる……ってことかな」

眠《ねむ》る前に、獣人との交尾がもたらす効果について教わったのだ。だから言葉のまま素直《すなお》にそう理解したが、その『襲われなくなる』メカニズムは分からない。

ユノは小さくため息をついて、「襲われにくくなるってことだ」と答えてくれた。

「それはどうして？」

「つがいと交尾すると、他《ほか》のオスを物理的に受け入れられない身体になる……強力なマーキング効果でロックされた状態になるんだ。でもその効果は長期に持続しない」

「……一回でOKってわけじゃない……ロックの効果がなくなる前にまたえっちしないとだめってこと？」

湊斗の露骨《ろこつ》な問いかけにユノは顔を険しくしながらも、「ああ」とうなずく。

「……ユノと僕……恋人《こいびと》でもないどころか……ほぼ知らない者同士なのに……」

湊斗のこのつぶやきには、ユノはなんとも言えない様子で沈黙《ちんもく》してしまった。

——恋愛したことないまま死んだから……テンプレートな恋愛に人一倍あこがれはあるんだよなぁ……。

ある日ふたりが出会って、お互《たが》いに好意を抱いて、ついに恋に落ちる。

湊斗にとってはキスもセックスもそのあとにあるもので、『つがいだから』という突拍子《とっぴょうし》もない謎《なぞ》設定や理解不能のしきたりに縛《しば》られるものではない。同性と恋愛する人もいるのは承知しているが、ぼんやりと自分は異性と恋愛するものだと思っていたところもあった。

ユノは湊斗と交わることで獣人としての能力を高め、湊斗は外敵から護《まも》られる上に他者を癒《い》やすための甘蜜を生成することができる。いわばウィンウィンの関係だ。

——だからって……私利私欲のため、他者への献身《けんしん》のために、恋愛を抜きにして恋人になるっていう関係が理解できない。

自分の身体と交わることで、好きな人と一緒《いっしょ》にしあわせになれる関係がいい。二十年の人生で恋愛を経験したことはないが、湊斗はそういう理想を抱いていた。

「……決めるのは湊斗だ」

「え？」

考え込んでいた湊斗がはっと顔を上げると、ユノはベッドから離《はな》れてすぐ傍《そば》の片肘《かたひじ》ソファーに座り、本を読み始めてしまった。背中を向けられているから彼の表情が見えない。

それでも湊斗が様子を窺《うかが》っていると、彼が小さくため息をつくのが分かった。

——こだわってる僕にあきれたかんじ？　面倒《めんどう》くさくなっちゃったとか？

なんだか、ここへ来たときくらいに心の距離《きょり》が再び離れた気がする。

——つがいとして召喚したんだから、あとは僕の勝手ってこと？　ユノに助けてもらわなきゃこの世界じゃ生きていけない人間だけど、もうちょっと言い方……。いきなり異世界に召喚されてただでさえ不安なのに……。

利害ばかりを説明されて「どうするかオマエが決めろ」と丸投げされた状態で、「承知しました」とはなれない。

身の安全を担保に「みんなのために献身する気持ちはあるか」と良心に問われているような気もしてくる。

湊斗が恋愛に対して理想ばかり大きくなったのは、長年病気で臥《ふ》せっていたせいだが、自分のその理想が特段おかしいとは思えない。結局は、ユノにとっては「人間なら誰《だれ》でもいい」という程度だから決定権を丸投げしたのであって、湊斗を選んだ特別の理由はないのだ。

──こっちは耳学《じがく》で頭でっかちだし、そんなドライな思考になんかなれない！

湊斗はやるせなく、ふてくされた気分で再びベッドに横臥《おうが》した。

──とにかく恋愛もセックスも、そういうものじゃないはずだ。

もう少しこちらの戸惑《とまど》いや置かれた状況《じょうきょう》を慮《おもんぱか》ってくれてもいいんじゃないか、という感情がふつふつとしてくる。

なんだか本当には必要とされていないような、とてもさみしい気持ちでいっぱいだ。

小さく唸《うな》ってベッドの上で悶《もだ》えると、ネックレスが首元にたまる感覚があり、それに指先でふれる。これがなんなのかも確認《かくにん》できないままだ。こんな空気の中でのんきに鏡で確認する気にもなれないが、そもそもこの世界に鏡が存在しないのかもしれない。

湊斗はしかめっ面《つら》でまぶたをぎゅっと閉じた。

3. それぞれの使命

ユノに護ってもらわないとこの世界では生きていけない人間なんだと、昨晩獣人に襲われて強く思い知らされた。ユノの「人間ならべつに誰でもいい」という態度には納得《なっとく》がいかず、置かれた現状に鬱々《うつうつ》とした気持ちになりながら、でも、湊斗はぐっすり眠った。飲まされた薬のおかげかもしれないが、はじめての場所で熟睡《じゅくすい》とは我ながら逞《たくま》しい。

朝、妙《みょう》にすっきりとベッドで目覚めたとき、「健康な身体で生まれ変わっただけでも丸儲《まるもう》けってことにしないといけないのかな」とも思った。

――でもなぁ……頭ではそう考えられても、セックスって心と身体《からだ》の両方でするものじゃないのかな……。

「したことないから想像だけど」

ぽつりとつぶやいて、湊斗はベッドから身を起こした。天蓋《てんがい》付きベッドの向こうに広がるのはアンティークのテーブルや椅子《いす》が並ぶ、自分には不似合いとしか思えない豪奢《ごうしゃ》な部屋。入院していた病室の何倍も広く、しんと静かだ。

昨晩最後に見たユノは、ソファーで本を読んでいた。そのソファーの背もたれから座面にかけてブランケットがだらりと垂れ下がっている。

――ソファーで寝《ね》たのかな……。

また湊斗が獣人に襲《おそ》われたりしないように。

今夜もそうするのだろうか。あしたもあさっても。

「…………」

心がわずかに揺《ゆ》れる。自分がユノとの性交を受け入れれば、マーキングによって当面は身の安全は保障されるのだ。彼も自室で安心してゆっくり眠れるだろう。

「……いや……こういう考え方はまちがってる……」

獣人の世界に召喚されたことで生かされている身体だろうと、まぎれもなくこれは自分自身のもの。この身体を傷ひとつつけることなく大切にするも誰かに捧《ささ》げるも、決定権は当然湊斗にあるはずだ。

湊斗は自分の手のひらを見下ろした。脆弱《ぜいじゃく》な人間である湊斗が持つ唯一《ゆいいつ》の切り札は『治癒《ちゆ》力』だ。現段階でもユノを上回る治癒力があるということなので、それが本当なのか、どれほどのものなのかを確認したい。

そのとき部屋のドアが開いて、ユノが現れた。起きている湊斗に気付くと、気まずそうな顔で突《つ》っ立っている。

あまり間を置かずに湊斗から「おはよう」と声をかけると、ユノは「おはよう」と目を見て返してくれたから、湊斗はほっとして笑《え》みを浮《う》かべた。

「ユノはそのソファーで寝たの？」

湊斗が問うと、ユノはブランケットを適当にたたみながら「あぁ」と短く答える。

「きのうは二度も助けてくれたし、傍で護ってくれてありがとう」

湊斗が礼を伝えるとユノはちらりと一瞥《いちべつ》するだけだ。

ベッドから下りて、湊斗はユノの前に立った。ユノも湊斗を見つめる。

「ユノ……僕、ここで生きていくために、何ができるのか試《ため》したい。自分の治癒力ってどれくらいのものなのかを知りたいんだ。もちろん、それで自分の身を護れるとは思ってないけど、『甘蜜《みつ》』だっけ、実際に指から出せるようになりたい。どうやったらいいのか、教えてほしい」

存在意義とも言える自分の力を知りたい。

真剣《しんけん》で前向きな訴《うった》えに、ユノは目を大きくする。

湊斗の想《おも》いが通じたようで、ユノは「そうだな」と薄《うす》く笑みを浮かべてうなずいた。

「話の中身を理解できても、本当に甘蜜が出せるのか……不安だよな」

「うん。普通《ふつう》の世界の人間にはない能力だから」

ちょうどそのタイミングで自分のおなかが「ぐううぅ」とマンガみたいに盛大に鳴ったから、湊斗は思わず噴《ふ》き出してしまった。いつもクールな表情のユノの目が大きくなり、ぱちぱちと瞬《まばた》くのが、湊斗には新鮮《しんせん》に映る。

「その前に、おなかがすいたから何か食べるものってあるのかな」

そういえば昨日はお菓子《かし》を食べただけだったし、夜に妙な薬物を嗅《か》がされ、薬湯を飲んでそのまま眠《ねむ》ったのだ。

苦笑いする湊斗に、ユノがうなずいた。その彼の表情に明るい笑みが浮かんでいた気がして、湊斗の心は一瞬華《いっしゅんはな》やいだのだった。


ユノは自分でごはんを作ったりはしないようで、朝食は玄関《げんかん》の宅配ボックスみたいなところに置かれていたものを、窓際《ぎわ》のダイニングテーブルに並べた。

焼きたてなのかあたたかくて丸いパンと澄《す》んだ琥珀色《こはくいろ》のスープ、ちゃんとふたり分だ。

「これはたまねぎのスープだ」

「人間界でいうところのコンソメスープかな」

人間にお菓子作りを教わった獣人《じゅうじん》がいると話していたが、料理もそういうことらしい。

湊斗はまず丸いパンを手に取り、ちぎって口に入れた。

「あ、おいしい。中の生地《きじ》がしっとりしてて甘みがあって、上にのってるこれは何かな」

「ローズマリー……かな」

テーブルロールくらいの大きさのパンだ。他《ほか》にも真ん中に穴があるベーグルみたいなかたちや、レーズンがたっぷり入ったパンもある。

「パンとスープ、きのうの焼き菓子も、作っているのはフレミッシュ・ジャイアント、うさぎ獣人だ」

湊斗は思わず「フレミッシュ・ジャイアント！」と声を上げた。最小種のネザーランドドワーフの十倍サイズ、世界最大といわれるうさぎだ。犬も好きだが元来動物好きの血が騒《さわ》ぐ。

「きのうは村の獣人たちの中にいなかったよね。うわぁ、好きなんだよね、その種の標準サイズより大きい子ってめっちゃかわいいなって思う」

パンとお菓子を焼くフレミッシュ・ジャイアント。ぜひとも会ってみたい。

朝食のあと、さっそく甘蜜の出し方を試みた。ユノ自身は指先から何かを出すような技《わざ》はないが、自分が持つ特殊《とくしゅ》能力を発揮する方法はみな同じらしい。

頭の天辺《てっぺん》からつま先まで全身を廻《めぐ》る血液を手のひらに集めるようイメージし、そこに留《とど》めておけないほどにたまったら、甘い蜜に変えて指先から滴《したた》らせる映像を思い浮かべる——それを具体的に強く想像すること。そんなの嘘《うそ》だ、できるわけないと疑《ぎ》心暗鬼《しんあんき》になったりせず、自分の力を信じること。うまくいったら何度も繰《く》り返すことで心身に回路ができて、瞬時《しゅんじ》に出せるようになるとのことだった。

湊斗は利《き》き手の右手でこぶしを握《にぎ》り、それを左手で覆《おお》うようにして組み合わせ、ユノがさらにそれを彼の両手で包み込んでくれる。

「最初だから、加勢したほうが感覚を摑《つか》みやすい」

「うん……お願いします」

ユノと向かいあい、励《はげ》まされている心地《ここち》で目を閉じて集中する。目の前のユノの気配が近い。やがて、彼に包まれたこぶしがじんわりとあたたかくなってきた。

「色や温度やにおいも、思い浮かべる。何度でも。だいじょうぶ……できる。信じるんだ」

ユノの静かに響《ひび》く声が鼓膜《こまく》をくすぐり、頭の中でこだまする。

幸いなことに、闘病《とうびょう》中に湊斗が楽しめた遊びは『空想』で、想像を膨《ふく》らますのは得意だ。

誰《だれ》かを助け、癒《い》やす、それが湊斗に与《あた》えられた力だという。

ここは獣人たちが棲《す》む異世界だ。『普通』を超《こ》えた異世界に転生したからこそ、健康な身体だって手に入った。それがまず最初の奇跡《きせき》。

そんなに何度も奇跡は起きないのでは？——湊斗の中に揺らぎが生じる。本当にできるのかと疑ってしまう。一度きりだから『奇跡』なら、もう奇跡は起こらないのだろうか。

いや、奇跡は一回きりだと誰が決めた？　奇跡の定義を誰かが唱えても、それをまた覆《くつがえ》すのが奇跡のはずだ——そうやって自分で自分を何度も奮い立たせる。

——奇跡は何度でも起こせるはず、絶対にできるはず、自分の力を信じることができるはず。

「……湊斗、むりするな」

ユノの声にはっとした。まぶたを上げるとくらっと目眩《めまい》がして、目に映る景色が少し暗い。貧血に似た症状《しょうじょう》を覚えてふらついたところを、湊斗はユノに支えられた。

ユノに抱《だ》きとめられたまま脇《わき》のソファーに腰掛《こしか》ける。身体が発熱したように熱い。すると、ひたいに少し汗《あせ》が滲《にじ》むのを、ユノが自身の服で拭《ぬぐ》ってくれた。

「転生したばかりでいろんなことがあった上に……あれこれいっぺんに伝えたせいで焦《あせ》らせてしまったな。悪かった」

よしよしと身体をなでられて目をつむっていると、湊斗の頭にユノがくちびるを寄せた。だからどきりとして、「え」とまぶたを開ける。

「力を抜《ぬ》いて、俺に寄りかかっていいから。落ち着くまでこうしていよう」

ユノはまるでぐずる子どもを慰《なぐさ》めるように、湊斗の髪《かみ》にいくつもキスをくれる。

——こ、これって……動物が相手をかわいがるグルーミングみたいなもの、かな。

状況《じょうきょう》から考えればそういう類《たぐい》の行動なのに、湊斗は恋人《こいびと》同士が睦《むつ》む行為《こうい》に感じてどきどきしてしまう。湊斗が顔を寄せているユノの胸元《むなもと》からはハーブや草木のようないい香《かお》りがして、不思議と落ち着いてきた。

「能力を引き出すために集中するという行為に慣れていないと、体力ばかり消耗《しょうもう》するんだ」

「……そ、う……」

すぐに出せるようになるわけじゃないなら、現状ではなんの役にも立たないということになってしまう。

うまくいかずにしゅんとする湊斗を慰めるように、ユノが肩《かた》をさすってくれる。

「湊斗、絶対に必要なときが来ればきっと出せるようになるから、今は焦らずにいよう」

ユノにもたれかかったまま湊斗は小さなため息とともに「……うん」とうなずいた。

指先から甘蜜を出す訓練で体力を消耗したあと、しばらくすると湊斗の体調も回復したので、ふたりは家を出た。昨日森で倒《たお》したヒグマの様子を見に行くユノに、湊斗も同行するためだ。

出掛《でか》ける際に、ユノが用意してくれた服に着替《きが》えた。この世界では衣服を専門に作っている獣人もいるらしい。きのうの服とデザインはほぼ同じで、色は濃《こ》いベージュ。ユノは着丈《きたけ》が長い上衣のウエストにはナイフが入るレザーシース付きのベルト、動きやすそうな黒地の下衣で、全体的にいつも薄着《うすぎ》なかんじがする。

「毒蜜を出すのもやり方は同じだ。ただ毒をリジェクトするのは防衛本能だから、湊斗が意図的に毒蜜にしたり甘蜜にしたりという操作はできない。さらに匂《にお》いや味や見た目でどちらか判別できない。指先以外に、湊斗の粘膜《ねんまく》には高濃度《こうのうど》の分泌《ぶんぴつ》物が滲出《しんしゅつ》する」

「たしかに、敵に毒ってバレたら意味ないもんね……」

敵への攻撃《こうげき》・反撃に最初気を取られたが、ユノの説明の文言にあとから引っかかった。

「……粘膜？」

ふと顔を上げて隣《となり》に問いかけると、目が合ったユノが真顔になる。

「目や口の粘膜、それと、直腸。つまり交尾《こうび》中に接合部から分泌するってこと。直腸の粘膜は生体内利用率が高くて、他の部位と比べものにならないほど高濃度の分泌物が得られる」

「……生体内利用率が高いから、僕にとってもメリットがあるってこと……だよね」

やはり交尾することにちゃんとした理由があるのだ。

他者を癒やすだけじゃなく、湊斗の体液を取り込むことで獣人としての能力を高められるとユノは話していた。

そんなことを考えるうちに、古そうな石造りの建物に案内された。見張り台とおぼしき塔《とう》の下部に出入り口となる鉄製の扉《とびら》がある。その塔の後方から鬱蒼《うっそう》とした木々やツタが侵食《しんしょく》するように覆っているため、建物全体の大きさが分からない。ユノの家と同じ石造りでもこちらは足を踏《ふ》み入れた途端《とたん》ひやりとし、光を取り込む窓が小さいため全体的に暗く、かび臭《くさ》い。鍵《かぎ》がかかった扉をいくつか解錠《かいじょう》し、壁《かべ》の明かりに導かれるように回廊《かいろう》を進むと、突《つ》き当たりの檻《おり》の中に昨日湊斗を襲《おそ》ったヒグマとおぼしき大きな黒いかたまりが見えた。

ヒグマはこちらに気付くとのそりと頭を擡《もた》げ、鉄格子《ごうし》の向こうで低く唸《うな》り声を上げる。その表情と声色《こわいろ》から、苛立《いらだ》ち、不安、焦燥感《しょうそうかん》が湊斗にも伝わった。

近付いてみると、ヒグマの首のうしろの黒い毛並みが、血でべっとりと濡《ぬ》れていることに気付く。ユノに攻撃されたときの血だ。ヒグマは『ううう』と唸った。

『人間を喰《く》ったわけでもないのにこの仕打ち……。さすがは新興ファミリアをまとめるボスだけのことはある。その無慈悲《むじひ》さは血筋なのか、自然《しぜん》の摂理《せつり》に逆らい交雑を重ねたせいで起こる遺伝構造のエラーか』

「俺がハイブリッドであることは、おまえの愚行《ぐこう》とはなんら関係ない」

ユノは床《ゆか》に倒れ込んだヒグマを冷たく見下ろしている。人としてのあたたかさは欠片《かけら》も感じないほど冷酷《れいこく》な表情と声で、誹謗《ひぼう》を一刀両断し、なおも続けた。

「俺が来なければおまえは人間を喰っていた。ようやく転生してきた人間を喰い、強大な力を得た獣が獣人のファミリアを根絶やしにする——そんな過去のあやまちを繰り返すどころか、今度こその獣人界を滅《ほろ》ぼしかねない。獣と獣人の間にあるルールを護《まも》れないなら制裁を科すのは当然だ。誇《ほこ》り高き獣として生きることを選んだのなら、森の境界線を越《こ》えるな」

　森に棲む獣、ファミリアを形成する獣人たち。お互《たが》いの住み処《か》を荒《あ》らさず、それぞれの場所で生きるというルール。本能で人間を食したいと求める獣が、知能が高く理性的な獣人と交《か》わしたルールを遵守《じゅんしゅ》できないのは仕方ないのかもしれないが。

『……森の木の実やくだものが減ったのだ。子どものためにエサを探していた』

　ヒグマがそう低く呻《うめ》いた。獲物《えもの》を仕留めた親の帰りを空腹の子どもたちが待っている——このヒグマが湊斗を襲った根底には、そういう理由があったのだ。

「エサが少ないと、生きていけないよね」

　同情した湊斗が思わず鉄格子に近付こうとすると、それをユノが腕《うで》一本で遮《さえぎ》る。檻で隔《へだ》てられているとはいえ、近寄りすぎるとヒグマの爪《つめ》で深手を負うかもしれないからだ。

「このところ干ばつも洪水《こうずい》もないのに、森の恵《めぐ》みが減るものか」

『マングローブ側のファミリアが森を伐採《ばっさい》し、住み処を追われた獣《けもの》がなわばりを広げてる』

　湊斗が「マングローブ側？」とユノに問うと、「ベンガルトラ獣人の村がある」と答えた。

　ユノはヒグマにもたらされた情報に顔色を曇《くも》らせている。

　ヒグマの餌場《えさば》を侵略《しんりゃく》され、食い分が減ったのかもしれない。

「だったら、ユノ……このヒグマだけのせいじゃないよ。森で待ってる子どもだっているんだよ。制裁ならもう充分《じゅうぶん》だよ。森に帰してあげようよ」

湊斗の必死の訴《うった》えにもユノは冷たい表情を保ったままだ。

「僕を放せば命を助けてやるって、ユノがこのヒグマと約束してた」

「湊斗を放さなければとどめを刺《さ》すと言ったんだ。助けてやるとは言ってない」

ヒグマの前で始まった言いあいの末、険悪なムードになる。ユノは眉《まゆ》を寄せ、湊斗はそれに対抗《たいこう》するように彼をじっと見上げた。

「ユノの、種を越えて助けあって生きていくっていうのは、獣人だけなの？　同じ世界で生きてるんだし、獣人だけじゃなくて獣とも仲良くしたほうがいい……んじゃないかなと思う」

空腹のヒグマはひょっこり現れた人間を前に理性を失っただけで、彼らは獣人たちの根絶を企《たくら》んでいるわけではないのだ。

『我を忘れて人の匂いに飛びついたが、過去の失敗はくりかえしてはならない、それも分かってる。二度と人間を襲わないと約束する……だから森へ帰してくれ』

うなだれるヒグマのほうを、ふたりとも見遣《みや》って、もう一度互いの目を合わせる。

「……過去の失敗って……？」

「俺が生まれるより前の話だが、人間が獣に襲われ喰われて死んだ。人間を喰ったことで強大な力を得た獣が獣人たちを襲い、歯止めが利《き》かず、島のファミリアを滅ぼしたといわれている」

ユノの話から湊斗も自分がヒグマに襲われた瞬間《しゅんかん》を思い出し、ぞっと震《ふる》えた。でもそのヒグマが『過去の失敗はくりかえしてはならない』と言ったのだ。

「でもこれからはユノが傍《そば》にいてくれるし、僕の身は安全でしょ？」

「…………」

湊斗の説得にユノは長らく無言で逡巡《しゅんじゅん》したあと、しかたないというような表情でヒグマを見遣った。

ヒグマはおとなしく森へ帰り、湊斗はそのうしろ姿を見送ってほっと息をついた。

ここは湊斗がこの世界に転生して最初に目覚めた通称《つうしょう》・キノコ池だ。水と空気が澄《す》んでいて、自然がもたらすヒーリング効果を肌《はだ》で感じられる。

ユノは指笛を鳴らして鳥を呼んだ。頭や背中、胸の辺りが鮮《あざ》やかなピンク色の鳥が、ユノの指先にとまる。ユノの指の上で咲《さ》く可憐《かれん》なミニバラみたいだ。なついているだけと思いきや、ユノがその鳥に「頼《たの》みがある」と話しかけたので湊斗は目を瞠《みは》った。

「マングローブ側のファミリアが森を伐採しているという話を聞いた。様子を見てきてくれ。報告するときは、俺が不在の場合はロウでもいい」

ユノはそう告げて、鳥を空に放した。

「さっきのヒグマが言ってた、ベンガルトラ獣人のファミリアの話……？」

「確認《かくにん》しておくに越したことはない。ヒグマの嘘《うそ》かもしれないし、生態系を脅《おびや》かすほど無茶な開拓《かいたく》をしてるのかもしれない。どっちにしても最悪だが」

ユノが空に放った鳥は波形飛行であっという間にふたりの視界から消える。

「あの鳥、ちっちゃくてピンク色でかわいかった」

「あれは俺が飼っている使役鳥《しえきどり》だ。俺の言葉を遠くの者に伝言してくれたりもする」

人間界のようにインターネットも電話もないから、伝書鳩《でんしょばと》みたいな役目なのだろう。

風にさざめく木々、小鳥のさえずりと水の音。湊斗は深呼吸した。

「この池の周り、パワースポットみたいで好きだな」

「そこらにあるのは毒キノコだし、森との境界線になってるんだ。絶対にひとりで来るな」

湊斗が「えっ」と驚《おどろ》くと、ユノは池のほとりまで進み、そこに腰《こし》を下ろした。

「……空気と水に、毒は含《ふく》まれない」

それに今はユノが傍にいるから安全、ということのようだ。

相変わらずな口ぶりでぶっきらぼうだけど、湊斗がこの場所を「好き」と言ったからとどまってくれた。ユノの心根の優《やさ》しさが伝わる。

湊斗は無言のユノの少しうしろで立ちどまった。ヒグマの前でした口論からどことなく気まずいままだ。

「ユノ……さっきはごめん。ファミリアをまとめてるユノの立場もあるし、僕はユノに助けてもらった身なのに……」

するとユノがこちらをちらりと振《ふ》り向いた。

「いや……ヒグマに対して過剰《かじょう》に制裁した自覚はある。襲われていたのが俺のつがいだったから、個人的な感情を多分に含んでた」

湊斗だってもし大切に想《おも》っている人や物を傷つけられそうだったら、きっと冷静ではいられない。

——ユノもそんな気持ちで……？

さっきより随分《ずいぶん》ほっとした心地《ここち》で、湊斗もユノの隣に並んで座った。

「……不要な殺生《せっしょう》はしたくない。彼らは獣人の祖先でもあるんだし……」

ユノは獣と仲良く暮らす気も、不遜《ふそん》に御《ぎょ》するつもりもなくて、それぞれの生き方を尊重して適度な距離《きょり》を保ち、境界線を逸脱《いつだつ》したくないのだろう。

出会ったばかりのきのうよりユノの考えを理解できて、湊斗は「うん、分かるよ」とうなずいた。いきなり異世界に転生し、獣人のつがいだと宣言されたことはいまだに戸惑《とまど》っているけれど、彼の隣《となり》にいるのがいやだとは思わない。

隣でユノが腰にぶらさげたバッグをごそごそと探《さぐ》っているのに気付いた。様子を窺《うかが》っていると、ユノに無言で何かを差し出される。そして手のひらにのせられたのは、蠟引《ろうび》きの紙に包まれた琥珀色《こはくいろ》の、湊斗の親指の爪ほどの大きさのものだ。

「えっ、これ飴《あめ》……？」

「はちみつ味。これもうさぎ獣人が作っている」

仏頂面《ぶっちょうづら》がデフォルト、大きな体軀《たいく》でいつも飴ちゃんを持ち歩いてるのかな……と考えると、湊斗はちょっとにまにましてしまう。

——ど……どうしよう。めちゃめちゃかわいい……萌《も》える。和《なご》む。

朴念仁《ぼくねんじん》で一見すると冷たそうだから、逆に何をしてもキュートに映ってしまうこの現象をなんと呼べばいいのだろうか。

飴玉《あめだま》を口に入れてころころと転がし、「おいしい」と湊斗はユノに向かってほほえんだ。

――ユノが、きのう僕を襲《おそ》ってきたクロヒョウ獣人みたいな人じゃなくてよかった。

ユノも獣人という点は同じなのに、ぜんぜんちがう。ユノの腕の中はあたたかく、優しい強さで湊斗を包んで護ってくれた。出会ったときこそ殺されるかと思ったし恐《おそ》ろしかったが、今は自分自身が彼に信頼《しんらい》を寄せているからだろうか。

あいかわらず口数は少ないが、甘蜜《みつ》を出せずに体力ばかり消耗《しょうもう》したときにユノがしてくれたグルーミングがとても気持ちよく、優しく扱《あつか》われるのがうれしかった。あの行為《こうい》で心身が癒《い》やされたばかりでなく、湊斗は自分が愛されているような気がしたし、どきどきもした。

――もっと知りたいな、ユノのこと。

彼の整った横顔をそっと盗《ぬす》み見する。池の水面《みなも》をなでる爽《さわ》やかな風が吹《ふ》いて、ユノの長めの髪《かみ》を揺《ゆ》らす。その髪の毛の一束さえも、彼の顔の造形をいっそう際立《きわだ》たせて見せた。

――なんか……王子様にしか見えなくなってきた……！

湊斗は頬《ほお》から耳までじわっと熱くなるのを感じる。

――見れば見るほどとんでもなくイケメンだし……ユノが何度も「俺のつがい」なんていうから感化されて、満更《まんざら》でもない気持ちになってんのかな。

恋愛《れんあい》経験がないせいでよけいに分からないけれど、もしかして自分は同性とも恋愛できるタイプなのだろうか。

——ユノと恋愛……？　高い治癒《ちゆ》力を得るため、ユノやみんなのためなんて大義名分以外で、えっちするのかな？

途端《とたん》に身体《からだ》の奥がかあっと熱っぽくなり、汗《あせ》が滲《にじ》む。

池の水で手を冷やそうと覗《のぞ》いた水鏡に自分が映っていて、湊斗ははっとした。ずっと慌《あわ》ただしくてすっかり忘れていたが、きらりと光るネックレスが目についたのだ。チェーンが短く、取り外してみようにも普通《ふつう》ならあるはずのフックがない。水鏡を覗き込んでしっかりと凝視《ぎょうし》しようにも、ものが小さく、水面に自分の影《かげ》が映り込むためにはっきりと見えなかった。

突然《とつぜん》ごそごそと動きだした湊斗にユノが「何をしてる」と訝《いぶか》しがっている。

「ユノ、この世界に鏡ってあるの？　部屋にも洗面台のところにもなかったから。自分の顔を映して見る道具なんだけど」

するとユノが腰のバッグから「黒曜石のことか」と黒いプレートを出し、湊斗に手渡《てわた》してくれた。表面がつるんとした黒い石だ。なるほど覗き込むと、反射によって水鏡よりもはっきりと映るが、明度が低いため色がくすんで見える。湊斗は胸元《むなもと》を指さして「この石、ラベンダー色だよね」とユノに訊《たず》ねた。ユノがうなずいてくれて確信する。

かたち、大きさも、やはり湊斗が見慣れたものだった。

「ユノ……これ……僕が転生する前から持ってたものだと思う。でも正確に言うと僕のじゃなくて、うちの犬の首輪につけてたカラーストーンで……」

湊斗が石を指で摘《つ》まんで訴《うった》えるが、ユノはそこをじっと見つめるだけだ。

「話していい？　飼ってた犬のこと」

湊斗の問いかけにユノがうなずいてくれたので続ける。

「シベリアンハスキーみたいな毛並みで、ジュノンっていうの。僕が拾って、名付けて、かわいがってた。入院する前『戻《もど》ってくるから待ってて』って約束したのに守れなくて……。僕は免疫不全《めんえきふぜん》が原因の病で……っていうような、転生する前のことをユノはどこまで知ってるの？」

「詳《くわ》しいことは……知らない」

人間なら誰《だれ》でもいいと言っていたくらいなのでそうかもしれないが、ユノには知っていてほしいと思う。

「入院が長引いて、僕がようやく家に戻ったときにはジュノンがいなくなってた。このストーンがついた首輪を引きちぎって。家族の話では、ジュノンは散歩中に何度もリードを振り切って走り出そうとしてたって。帰ってこない僕を捜《さが》そうとしてたんじゃないかって」

犬の言葉が分かるはずはないし、勝手な想像ではあるけれど。力が強い犬だったとはいえ人の制止をきかずに暴れるような子じゃなかったから、家族はそんなふうに話していた。

「みんなもずいぶん捜してくれたみたいだけど、ジュノンは見つからなかった」

すぐに戻るという約束を守れなかったせいだ、と当時は泣いたし、以降もいなくなってしまったジュノンのことを忘れた日はない。

「首輪に残っていたジュノンのネームタグとストーンを、僕はつらい治療《ちりょう》を乗り越《こ》える自分のおまもりにした。石にふれると不思議と痛みが和《やわ》らぐ気がして、ほっとするような、見守られているような気持ちになれたんだ。そのあとも入退院を繰《く》り返して、なんとか二十歳《はたち》の誕生日を迎《むか》えることができたけど……」

静かに話を聞いてくれていたユノは、まるで自分事のように苦しげに顔をしかめている。

同情を寄せてくれる彼に、湊斗はにこりとほほえんだ。

「こじつけかもしれないけど、このストーンが僕を異世界へ導いてくれたのかな」

そしてもう一度、生きるチャンスを貰《もら》ったのかもしれない。

「もし生まれ変われるなら、死生に関係ない空気や水になりたいと思ってた。でも僕はまた僕に生まれ変わったんだ。今度は健康な身体で！　これは僕の密《ひそ》かな願望が見せてる夢かもしれないね。でも夢だろうと現実だろうと、今度こそ……本当の人生を生きたい」

「……本当の……人生？」

「もう一度生きるチャンスを貰ったんだ。僕にできることなら、ぜんぶやりたい。病気であきらめたすべてを、かなえたい」

食べること。飲むこと。行きたいところへ自分の足で向かい、欲しいものを手にする。そんな多くをベッドの上で「しかたない」とあきらめ、望むのさえやめていた。

「体調がいいときに近場へ出掛《でか》けるのも、家族の助けがないとできなかった。助けてもらって優しくしてもらって、僕はたしかにしあわせだったけど……ここではぜんぶ自分で選択《せんたく》して、自由に、なんだってできる」

おまもりみたいな胸元の鉱石に指でそっとふれる。

「ここで新しい人生を始められたなら、もしかするとこれを残してくれたジュノンのおかげかもね。ジュノン……かしこくて逞《たくま》しくて、でも僕には甘えてくるのがかわいかった。大好きだった。会いたい。もう会えないならせめてどこかで元気に生きていてほしいな」

湊斗がそんなふうに想いを馳《は》せていたところ、突然《とつぜん》奪うようにユノに掻《か》き抱《いだ》かれた。

「ユ……ユノ……？」

「この世界で、ここに……俺の傍《そば》にいてくれたら、もう湊斗を苦しませない」

闘病《とうびょう》の話に同情してくれたのだろうか。異世界へ来てから危険な目に遭《あ》いはしたが、実際いつもユノが身を挺《てい》して護《まも》ってくれている。

「うん……ありがとう。ユノは優《やさ》しいね」

同情の言葉だけじゃなく、その想いを実感する。

そうしてユノの胸に押しつぶされそうなほど強く抱かれるうちに、肩《かた》の辺りがぴりっと痛んだ。湊斗が短く呻《うめ》いたのでユノが腕《うで》をゆるめてくれたが、まさに痛みが走ったところ、服の布地に鮮血《せんけつ》が小さく滲んでいる。同時に、ユノの爪《つめ》が鎌形《かまがた》に鋭《するど》く尖《とが》っていることに気付いた。

「あ……ユノ」

さらに髪は濃《こ》い鈍色《にびいろ》になり、耳が飛び出し、尻尾《しっぽ》の毛並みが逆立って太く膨《ふく》らんでいる。この森で最初に会ったときのユノの姿に近い。あのときは殺気立っていたからか、今よりずっと大きかったし、恐ろしかったが。

「悪い、つい興奮して……！」

「だいじょうぶだよ。でも何に興奮したのか……」

ユノは湊斗から慌てて離《はな》れると、自らの手でその手を覆《おお》い隠《かく》した。傷つけるつもりはなく、うっかり爪が出てしまったらしい。でも今は彼を理解しているから怖《こわ》くない。鋭く爪が出ていようと構わず、湊斗は距離《きょり》を近付けた。湊斗の目はユノの尻尾に釘付《くぎづ》けだ。

「……ユノのしっぽさわっていい？」

「えっ?!」

困惑《こんわく》するユノの尻尾をぽふぽふとなで、湊斗は思わずにやけてしまった。だって高級なファーアイテムみたいな手ざわりだ。

「しっぽがもふもふでかわいい」

ユノは動揺《どうよう》した表情で「かわっ……？」と困惑を呑《の》み込んでいる。

完全な人型のユノは凛《りん》とした美男で素敵《すてき》だけど、うっかり爪や耳や尻尾を出してしまう迂闊《うかつ》さがかわいくて、完璧《かんぺき》なだけじゃないユノも魅力《みりょく》的に感じた。

「はじめて獣身《じゅうしん》のユノを見たときは頭から食べられそうで怖かったけど、でももう、ユノのこといろいろ知ったから。ふふっ、なんかジュノンみたい。ジュノンもよく僕に勢いよくじゃれついてきて、うちの家族に引き剝《は》がされてたなぁ」

まるで好きが爆発《ばくはつ》するみたいに。さっきのユノも、風船がぽんと弾《はじ》けるような情動だったのだろうか。

「でも、湊斗……さっきよりも傷のところが」

　血が滲んでいるあたりを指されて、湊斗は「これくらい」と笑った。たいした出血ではないけれど衣服が白いコットンだから、血の色がくっきりと浮《う》かび、大げさに見えてしまうのだ。

「たいしたことないよ。かすり傷じゃん。ユノもわざとやったんじゃないし」

　するとユノが心配げな表情で湊斗の袖《そで》を肩までまくり上げた。服の布地でそっと拭《ぬぐ》ってくれても、再び傷口からうっすらと血が滲んでくる。湊斗が「押さえてれば、そのうちとまるよ」とフォローする傍から腕を摑《つか》まれ、ユノのほうへ引き寄せられた。

「治癒《ちゆ》する」

「え？　ちょっ……」

　ユノが顔を近付ける。地べたに座ったまま逃《に》げ腰《ごし》の湊斗を気に留めることなく、ユノはそこにくちびるを押しつけて舐《な》めた。

「ユッ……」

　小さな傷を何度もユノの舌でなでられる。びっくりして、湊斗は強く目をつむった。くすぐったいのと、傷口にわずかな痛みと、ぞわっと背筋に甘い痺《しび》れが走るのがたまらない。きのうも火傷《やけど》を治癒してくれた。それと同じことなのに、今日はなぜだか異様に恥《は》ずかしい。

「……ユ、ユノ……もぅ、だいじょぶ……」

　訴えても放してくれない。おとなしくしてろとでもいうようにいっそう強く引き寄せられ、彼の腕の中に搦《から》め捕《と》られる。

　ユノの胸元《むなもと》で彼のにおいをいっぱい吸い込むと、湊斗は頭全体がわっと沸騰《ふっとう》するような心地《ここち》になった。とても好きな香《かお》りだけど、同時にひどくどきどきする。胸の昂《たかぶ》りは大きくなる一方だし、喉《のど》が震《ふる》えて漏《も》らしそうになる声を抑《おさ》えるので精いっぱいだ。

　舐められているところがとけてしまいそうな気がしてきた頃《ころ》、ようやくユノがそこから顔を上げた。ユノは少し興奮したように、頬《ほお》が上気している。

「……血はとまった。傷も塞《ふさ》がった」

　ユノが不安そうに顔を覗《のぞ》き込もうとしてくるが、湊斗は目を逸《そ》らして伏《ふ》せた。

「……あ、ありがとう……もうだいじょうぶ」

　湊斗が腕の中で身じろぐと、ようやく力をゆるめてくれた。

　頭の中が熱く滾《たぎ》っている気がする。きっと耳まで真っ赤だ。だから顔を上げることができない。ユノにとっては純粋《じゅんすい》な治癒行為《こうい》なのに、湊斗はやらしいことをされた気分だったのだ。

　森の中にいるときはどれくらい時間が経《た》ったのか分からなかったが、森から村へ戻《もど》ると、空がもう薄暗《うすぐら》くなっていた。石造りや木造の家など、部屋の明かりが灯《とも》っていて、どこからともなく夕飯のいいにおいが漂《ただよ》ってくる。

　そのとき、母親に「もう帰っておいで」と呼ばれて駆《か》けだしたうさぎ獣人の子ども五人のうちひとりが、湊斗たちの少し先でずしゃっと転んだ。

うさぎ獣人の男の子は泣かずに自ら立ち上がったものの、膝《ひざ》に痛々しい擦《す》り傷ができている。

湊斗は「だいじょうぶですか？」とうさぎ獣人の親子に声をかけた。

「泣かないで自分で立てたのえらいな。でも痛いんじゃない？　血も出てる」

うさぎ獣人の子は口を歪《ゆが》ませて膝の傷を見下ろし「うぅ……」と泣き出してしまった。予想外に傷が大きく抉《えぐ》れ、血が出ているのを見て怖くなったのだろう。母親は「家に帰れば薬草があるから」と励《はげ》まし、その周りでほかの子たちも心配そうにしている。

――僕がこれを治してあげられたらいいのに。

ユノが「俺の治癒力で完全には治せないが止血はできる」とその子の前に屈《かが》み、「先に傷口についた泥《どろ》を流さないと。待っていろ。水を汲《く》んでくる」と立ち上がった。ユノが傍の小川へ向かうのを、湊斗は見送るしかない。

今日、甘蜜《みつ》を出す訓練をしたとき、ユノは「絶対に必要なときが来ればきっと出せるようになる」と言っていた。

傷の大小なんて関係ない。目の前に泣いている子がいるのだ。ユノよりも高い治癒力を持っているのなら、この場で甘蜜を出せればこの子どもの傷を綺麗《きれい》に治せるかもしれない。

湊斗は自分に言い聞かせるようにうなずいて、決意した。目の前で泣いている子のために、今こそできると信じる。

「だいじょうぶ、僕がこの子の傷を治す」

湊斗は強い決意のもと、呪文《じゅもん》のように小さくつぶやいた。右手を左手で支えるように摑み、こぶしに顔を寄せる。目を閉じて、ユノに教わったように身体中の血液を手のひらに集め、甘い蜜を指先から滴《したた》らせることを強くイメージした。

集中が高まると周囲の音が遠くなった。

足の裏から気泡《きほう》が立ち、じわじわと全身が滾るような感覚に包まれる。沸騰の気泡が徐々《じょじょ》に大きくなっていく。背筋が震え、血管がびりびりするような痺れが走って、湊斗は「んうぅっ」と苦しげに呻いた。悪寒《おかん》と興奮が同時に起こったようなはじめての体感だ。

「……湊斗」

ふいに名前を呼ばれ、ゆっくりとまぶたを開くと、目の前にユノがいた。彼が水を汲んで戻ったことにも気付かないほど没入《ぼつにゅう》していたらしい。ユノに呼ばれる直前まで、周りの音も景色も、湊斗の意識の範囲《はんい》からすべて消えていた。

はっと手元に目をやると、右手のすべての指先からとくとくと琥珀色《こはくいろ》の蜜が溢《あふ》れ出ている。それは手首まで滴り、衣服を濡《ぬ》らす勢いだ。湊斗は思わず「わあっ」と驚《おどろ》いてしまったが、冷静なユノにその手首を摑まれた。

ユノが自身の腕に残る傷痕《きずあと》にその蜜を塗《ぬ》り込めて試《ため》すと、紫色《むらさきいろ》に色素沈着《ちんちゃく》を起こしていた箇《か》所《しょ》がみるみる消えていく。湊斗もそれを見て驚いた。

「湊斗、この子の傷を治してやってくれ」

湊斗はユノを見つめてうなずいた。

不安げな表情のうさぎ獣人の母親に、ユノが「湊斗なら傷を残さず治せる」と告げる。

水で清めた傷口に、湊斗が指先から出した甘蜜を塗布《とふ》してやった。子どもは怖々《こわごわ》として腰《こし》が引けていたけれど、あっという間に血がとまったのでおとなしくなった。そこにいた全員が固唾《かたず》を呑んで見守る。傷口を覆う蜜がパールのようにうっすらと輝《かがや》きを放ったかと思うと、傷が跡形《あとかた》もなく消えたので、湊斗自身も、その魔法《まほう》みたいな現象に瞠目《どうもく》した。

子どもは目を瞬《まばた》かせて「すごい。ぜんぜん痛くない。血も出てない」と母親に脚《あし》を見せてアピールしている。母親も目の前で見ていたので、湊斗に向かって驚いた表情のまま「ありがとうございます」と礼を伝えた。湊斗は本当に自分の力なのかとまだ信じられない心地で、「い、いえ」と軽い会釈《えしやく》しかできない。

うさぎ獣人の親子は笑顔《えがお》で帰って行った。茫然《ぼうぜん》と見送る湊斗の横で、ユノがほっと息をつく。

湊斗はユノの顔を見上げ「……できた、んだよね」と確かめるように問うと、ユノが少し笑って「ああ」とうなずいた。

「湊斗の中に甘蜜を生成する回路ができたということだ。これを何度か繰《く》り返すうちに、瞬時《しゆんじ》に出せるようになる」

「僕も……誰《だれ》かの役に立てる……？」

「今、自分の目の前で、傷を治したじゃないか」

ユノがおだやかな表情でうなずく横で湊斗は自分の手を見つめ、よろこびを噛《か》みしめた。

――健康な身体《からだ》で転生できた上に、僕の治癒力が誰かの役に立つんだ。脆弱《ぜいじやく》だから自分より強い者にただ護《まも》ってもらうんじゃなくて。

転生する前は医療《いりょう》従事者と家族に助けてもらうばかりで、自分の存在が誰かのためになっているると感じたことなどなかった。生きているだけで申し訳ないような、切ない気持ちになったりした。それがこの獣人《じゅうじん》界に転生して、明確な役割、使命を与《あた》えられたような気がしてくる。

湊斗は自分の指先をじっと見つめた。命尽《つ》きる寸前まで、たくさん助けてもらった身体だ。実際お世話になった人たちには直接恩返しができないけれど、ここで獣人たちを助けることができたらうれしい。

「僕の力が……役に立つ……？」

生きる意味が明確になり、納得《なっとく》するのと同時に、胸がすっとする清涼感《せいりょうかん》に充《み》たされた。

「湊斗の治癒力は、現状でも俺を上回ってる」

ユノはそう言ってほほえんでくれるが、現段階では湊斗が理想とする『病気やケガに苦しんでいる誰かを助ける』というところには至っていない。

――今よりもっと高い治癒力を発揮できれば……。そのためには……。

その答えはもう分かっている。ユノとつがいになればいいのだ。

きのうまでは心がまったく追いついていなくて、戸惑《とまど》いが強かったし、自分の治癒力についても話を耳にするだけで実感が湧《わ》かなかったけれど。

「僕……獣人たちを癒《い》やしたい。助けたい」

湊斗が隣《となり》のユノをそっと窺《うかが》ったときユノも湊斗に目線を落とし、視線が絡《から》んだ。

4. つがう決意

家に着いて、湊斗は入浴のあと天蓋《てんがい》付きベッドに寝転《ねころ》がり、森での出来事を思い出していた。ユノが治癒を施《ほどこ》してくれたところを入浴中に確認《かくにん》したが、ひっかき傷みたいな痕《あと》がうっすらと残るだけだった。

ユノによる治癒《ちゆ》と称《しょう》した他意のない行為《こうい》にもかかわらず、背筋が震《ふる》えるほど甘い痺《しび》れが走った。ユノの腕《うで》の中でふわふわとした気持ちにもなった。

思い出すとなんだかたまらず、湊斗はベッドの上をごろごろと転がった。全身に広がったざわめきをそれで抑《おさ》えられるわけはないけれど、何度か大きく深呼吸すると少し治まる。

――肩《かた》の傷を治したあとユノがしばらくしゅんとしてたの、怒《おこ》られたときのジュノンみたいでなんかかわいかったな。ギャップ萌《も》えってやつ。

少しうなだれて、飛び出したままの耳や尻尾《しっぽ》もしょげていた。いつものユノはクールで凛《りん》としているから、ヘタレたときによけいにいとしく思える。

きのう出会ったばかりなのに、何度も「俺のつがいだ」と繰り返され、優《やさ》しくされて、そんな気持ちになっているのだろうか。恋愛《れんあい》の免疫《めんえき》がないから、いい気分にさせられているだけだろうか。

ユノのプロフィールは知っているけれど、まだその中身や彼が何を考えて湊斗をつがいだと公言するのか、そういう考えに至った経緯《けいい》だって分からない。

不可解な部分をぜんぶ理解して納得しようと、つい理屈《りくつ》っぽく考えてしまう。

——つまり……ユノのことをもっと理解したい、もっと知りたいって思ってるのか僕は。

相手を好ましく感じ、人となりを知りたい、考えを理解したいというのは、好意の第一歩だと思う。それから、もっと知りたいとか、ふれたいとか、時間や思い出を共有したいとか、好意の度合いが深くなっていく——本や映画では、みんなそんなふうに恋《こい》の種を育てて、恋心を昂《たかぶ》らせていくようだった。

「この世界で、恋……も、してみたい」

今度こそ思うまま元気に生きるとか、誰かの役に立つとか、それだけじゃなくて。

そんなことをつらつらと考えていると、湯上がりのユノが戻《もど》ってきた。ワンピースの袖《そで》を肘《ひじ》まで捲《まく》り、両手に大きなボックスを抱《かか》えている。

「食事だ。昼を食べていないし、おなかがすいただろう」

朝と同じく夜も宅配されるらしい。言われたとおり空腹だ。

湊斗もダイニングテーブルにグラスやナプキンを置くなど夕飯の準備をした。

パン以外の料理はアンガス牛獣人によるものらしい。じゃがいもとたまねぎのスープ・チキン・サラダ、そして朝食と同じくうさぎ獣人が作った丸いパン。そういえば牛とうさぎは人間よりグルメといわれている動物だ。

ユノがテーブルに料理を並べてくれるが、湊斗はチキンに注目していた。

「ユノ……えっと……この鶏《にわとり》は……村の柵《さく》の中にいた……」

「鶏卵《けいらん》だけ貰《もら》って、あれは食わない。養鶏《ようけい》を営むファミリアと物々交換《ぶつぶつこうかん》してる」

「物々交換?」

「交易の際にうちのファミリアからはシカとイノシシを。俺たち獣人にも狩《か》りの習性はあるが、自分たちが飼っている動物を食用にしない。自然の恵《めぐ》み、摂理《せつり》として割り切れないんだ」

畜産《ちくさん》ではなく家族同然で飼っていた動物を食べるなんて、湊斗も絶対にできないと思う。

ユノの説明にほっとして、ふたりは夕食をとった。

湊斗は出されたものをぺろりと平らげ、満腹感でしあわせのため息をついた。優しい味のスープに、香辛料《こうしんりょう》の味付けのチキンも、味の濃《こ》さや火の通り具合も文句なしの料理だった。

「ごはんがおいしいって最高だなぁ」

病気のときはおいしく感じなかったのもあるが、食事もお菓子《かし》もとにかくすべてが美味で幸福感が倍増する。もうすでに明日のごはんが楽しみだ。

「夕食を作ってくれた人にも、朝食を作ってくれた人にも会ってみたい。お礼が言いたい」

「あぁ……フレミッシュ・ジャイアントが好きだと言っていたな。明日にでも訪ねてみよう」

元来動物が大好きな湊斗は「ほんとっ？　ありがとう」と笑顔になった。

「牛ならアンガスも好きだけど、ブラーマンも好きだよ」

「フレミッシュ・ジャイアントは湊斗も知ってのとおりだが、アンガス牛も大きい。ほんとに大きいやつが好きなんだな……」

「ユノも大きいよね」

無邪気《むじゃき》に返して、湊斗は「あっ……」と固まった。これではユノのことも好きと伝えたようなものだ。ユノも湊斗の発言の意図を探《さぐ》るように、こちらを見てくる。

「ユノのこともフレミッシュ・ジャイアントみたいに標準より大きいから好きってことじゃなくて、あ、いや、大きいところもいいなって思うけど、そうじゃなくて、あの……」

向かいのユノは無表情だ。自分が発した好きという言葉に自分だけが過剰《かじょう》に反応している。

動物と同じように「好き」と伝えても差し支《つか》えないはずだ。それなのになぜか焦《あせ》り、『大きい』以外のいいところを具体的に褒《ほ》めようと慌《あわ》てて、今度は「あばばば」と謎《なぞ》の悲鳴になった。

相手を前に賛美の言葉を並べたことがなく、逆にこちらがてれてしまう。

「僕、病気のせいであんまり友だちとおしゃべりできなかったから、ちょっとコミュ障なところがあってうまく言えないんだけど……あ、逆にちっちゃい子も好きなんだよ。シマエナガとかシマリスとか……あれっ、なんの話をしてるんだ僕は……」

ユノにじっと見つめられ、しどろもどろになり、しまいには自分が何を言いたいのか、どう弁解すればいいのか分からなくなってきた。

「ぼ、僕のことはいいとして。ユノが僕をつがいにって、こだわるのは変だと思う」

突然《とつぜん》、話の矛先《ほこさき》を向けられたユノが目を大きくする。

「ユノの性対象は同性なのかもしれないけど、僕は男にしては小さくて軟弱《なんじゃく》で容姿もぜんぜんだし、勉強してないから賢《かしこ》くないし、経験値が低いせいもあっておもしろい話だってできない。パートナーとしてつりあってない気がするんだよね」

なぜだか焦って早口で捲し立てたが、それは湊斗が自分を極端《きょくたん》に卑下《ひげ》しているのではなくて、事実としてそう思うし、「なんで僕？」と考える理由のひとつでもあった。

「人間なら誰でもいい……ってユノに言われたの、僕はずっと気にしてる」

ひどい言い草だと思っていたが、最初に聞いたときより悲しい気がしてくる。

──「誰《だれ》でもいい」は、やだな……。人を癒やす力を得て、異世界で生きる意味が見つかったのはうれしいけど、ユノの隣にいる意味が今はまだ分からないから。

隣にいていい理由が知りたい。それが欲しいのだ。

するとそれまでただ湊斗を見つめるだけだったユノがひとつ息を吸い、何かを話し出す雰囲《ふんい》気《き》を感じ取って、「ユノ……お願いがあるんだけど」と先手を打った。

「もっと近くで話さない？」

ユノと湊斗の間にあったどこか他人行儀《たにんぎょうぎ》な雰囲気も心の距離《きょり》も、今日一日ともに協力したり、衝突《しょうとつ》したり、和《なご》んだりもしながら、かなり近付いた気がする。

「この獣人界のことをだいぶ理解したし、慣れてきたのもあって、きのうよりユノの話を落ち着いて聞けると思うんだ」

湊斗は否《いな》とも言わないユノの手を摑《つか》み、広めの片肘《かたひじ》ソファーに並んで座るように誘《さそ》った。その手を放さずユノと向き合って、じっと言葉を待つ。するとややあって、ユノが口を開いた。

「……誰でもいいとは思ってない。あれは、つい……そう言ってしまっただけで」

あのときはみんなに「なんでオスを召喚《しょうかん》したんだ」と一斉《いっせい》に責められたせいなのだろう。訥々《とつとつ》と話し始めたユノの目を見て、湊斗は「うん、うん」とうなずいた。期待していたとおりの言葉が返ってきて安堵《あんど》する。ユノにその先の言葉を促《うなが》した。

「湊斗の……声とぬくもりとにおい、清らかで澄《す》んだ魂《たましい》に惹《ひ》かれた。生きたいと強く思う心が誰よりも美しく見えた」

「きよらかですんだたましい」

出会ってまだ一日だ。湊斗は、いつどこで僕の何がそう見えたんだろう、と首を傾《かし》げた。よく分からないが、とりあえず内面を褒められている気がするので悪い気はしない。

「えっと……だから、誰でもいいわけじゃない……ってことだよね」

ハイブリッド獣人《じゅうじん》のユノが言う「清らかで澄んだ魂」は「なるほど」とはならないが、ユノの答えを聞いてひとまず安心した。ユノが決して不誠実なわけじゃなくてよかった。

「……安心もしたけど、うれしい。ちゃんと僕を見てくれてるのが分かって……。これからユノの傍《そば》にいてもいいんだって自信を持ちたかったんだ」

言葉にしながら自分の考えに納得《なっとく》する。伝わっただろうかと湊斗が目線を上げると、ユノもじっとこちらを見ていた。

「不安にさせて、すまなかった。俺も少し……緊張《きんちょう》していた」

「緊張？　僕に？」

「つがいを持つ心得について他《ほか》の獣人の話を見聞きしただけで、湊斗を前にすると実際にはどういう対処をするのが正解なのかも、距離の取り方もよく分からなかった。不自然で……変な態度になっていて不快にさせた……と思う」

「心得……対処……」

湊斗は目をまばたかせた。出てくるワードはお仕事じみているし、彼の言葉から推測するともしかしてユノはあまり恋愛経験がないのだろうか。だったら変につっけんどんな態度の意味も分かる。恋愛に不慣れな者同士では、ぎくしゃくして当然だ。

「ユノは……僕と会う前に、恋人《こいびと》は……いたの？」

彼が遊んでいるような印象はない。でも美男だし、ボスだ。過去にいてもおかしくない。答えを待っていると、ユノは首を横に振《ふ》った。湊斗が「ぜんぜん？」と問うと、ユノは「ぜんぜん」と答える。だから湊斗は仲間を見つけたようなうれしい気持ちになって、「僕もだよ」と笑顔《えがお》で返した。

一族のボスというと、どちらかといえば恋人や愛人を多数侍《はべ》らせているくらいのイメージを湊斗は持っていたが、ユノはそうじゃないらしい。

「僕は恋人っていうより、恋愛経験《れんあい》もない。もし恋愛したらって、想像する相手すらいなかった。それが異世界に来たとたん『つがい』だなんて言われてびっくりはしたけど……」

話すうちにつないだ手に力が入ってしまうと、ユノのほうから指を深く絡《から》めて握《にぎ》りかえしてくれて思わずどきっとさせられた。湊斗が指先でユノの肌《はだ》をひとつこすると、彼も同じように返してくれる。その少し不器用なかんじの反応がうれしい。

ユノは口数が少なくて無愛想《ぶあいそ》だけど、そんな見た目とちがってかわいいところもある。恋愛初心者同士ならお互《たが》い様で、逆に何も遠慮《えんりょ》はいらないのではないだろうか。

——異世界で『ユノのつがいになる人生』がこれから始まる……のかな……？

それは湊斗だけじゃなく、ユノにとってもきっと同じく『新しい人生』だ。

つないだ手に目線を落とし、湊斗は思っていることをひとつひとつ伝えようと決意した。こちらから好意を持って歩み寄れば、ユノはちゃんと応《こた》えてくれる。

「つがいになるなら、ユノのこともっと知りたいな。ユノがハイブリッド獣人だとか、ファミリアのボスだとか、そういうみんなが知ってるプロフィールじゃなくて」

みんなで助け合いながらファミリアをまとめていこうとする考え方や、敵にはけっこう容赦《ようしゃ》ないところ、獣人界に来て知ったことは他にもあるけれど。

「あ……今さらだけど、ユノって何歳？」

なんとなく年上なんだろうというのは分かるが、「二十六」と返ってきたから驚《おどろ》いた。

「けっこう上だった……。ちなみに僕は二十歳《はたち》。あ……死んで転生したら、ずっと二十歳のまま？　それともここって獣人界だから……まさか動物の速度で歳《とし》を取っていく、とか？」

湊斗の疑問に「歳の取り方は人間と同じだ」とユノが笑ったからほっとした。ユノの表情も話し始めたときよりずいぶんリラックスしてきた気がして、打ち解けているのが伝わる。

うれしいのと、ちょっとてれくささもあって、湊斗は何度もつないだ手に目線を落とした。

「ユノってさ、家にめっちゃお菓子あるし、朝はパンにジャムとかはちみつをたっぷりつけてたから見かけによらず意外と甘党なのかなって……そういう普通《ふつう》のこともたくさん知りたい」

飴《あめ》を持ち歩いていることを思い出すと、ちょっと笑ってしまう。ユノが「何を笑ってるんだ？」という顔をするのがまたおかしくて、湊斗は肩《かた》を揺《ゆ》らしてくすくすと笑った。

「ユノがバッグに飴ちゃんを持ち歩いてるの、かわいいなって思ったんだ」

「……普通に非常食なんだが」

「そうなんだ。うん、でもおっきいユノがちっちゃな飴を食べるのがなんかかわいくて好き」

ユノが「好き……？」とそこだけ取り上げたので、湊斗は目を瞬《まばた》かせた。

湊斗が思わずこぼした「好き」を拾って、ユノがはにかんでいる。そんな姿を見たら、どうしようもなくきゅんときた。

「部屋のインテリアや寝具《しんぐ》はわりかしロマンティックだし、ユノの服装もそんな雰囲気だけど、好みなのかなとか。この獣人界でデートするなら、どこへ案内してくれるんだろうとか……」

その問いにユノは少し首を傾げた。

「デートはしたことがなくて考えたこともないが……。部屋の中のものは、湊斗に似合いそうなものを選んで置いた。気に入ってくれるか……気になってた」

ものを選ぶときに想《おも》ってくれたのを知った途端《とたん》に、今座っているソファーも天蓋《てんがい》付きベッドもリネンも猫足《ねこあし》のバスタブも、着心地《きごこち》のいい服も、ぜんぶが特別なものに見えてくる。

「女の子のための部屋だと思ってたけど……僕のためだったんだね。知らなかった……」

どこかよその、本来ここに来るべきだったお姫《ひめ》さまのために設《しつら》えたものかと感じていた。知らない世界に転生して、新しい人生を楽しんでもいたけれど、湊斗の中に小さな不安が積もっていた。

「俺が思っているよりも湊斗を不安にさせていただろうな……悪かった」

湊斗の不安を理解してくれたユノが、いとしむように髪《かみ》をなでてくれる。その指のふれ方が甘くて優《やさ》しい。

ユノに好かれている、と感じる。湊斗の胸はいとしい気持ちでいっぱいになった。

「ユノ……キスをしようよ」

生まれてはじめて、そうしたいと思った。そうすれば、もっと彼を知れると思ったのだ。想いを通わせあいたい人と、言葉以外の方法で互いの心をつなぐ行為《こうい》なんだろうなと、誰かにそう教わったわけではないのに、一瞬《いっしゅん》で深く理解できる。

湊斗が誘うと、つないでいた手をユノが軽く引いて、同時に身を寄せてくれた。

はじめてだけどこういうときは目を閉じるものなのだろうと思っていたので、視界にユノのくちびるが迫《せま》ってきたところでそうした。

そっと優しく重なり、ふにっとふれあって、はじめてのキスはあっという間だった。

「あ……あれっ……？」

キスをした途端に、なんだかはじめてではない気がしたのだ。湊斗は顔をしかめ、首を傾げて考えて、すぐに思い出した。

「そういえば……きのうしたよね！　ユノが僕に薬を飲ませてくれたとき！」

合点《がてん》したとたん明るい声でそう問いかけた湊斗に、ユノが戸惑《とまど》った顔をする。そんな表情をされる意味が分からなかったが、次の言葉で理解した。

「湊斗も……いくら恋愛経験がないとはいえ……もう少し情緒《じょうちょ》というか……」

「え？　あ……」

たしかに、さっきまでのふんわりとした綿菓子《わたがし》にでもくるまれたような甘い雰囲気が、綺麗《きれい》に吹《ふ》き飛んでしまっている。湊斗は苦笑いでごまかした。

「……それでまさか、今ので終わりじゃないよな」

ユノはソファーの背もたれに肘《ひじ》をつき、眉間《みけん》を狭《せば》めて疑いの目でこちらを見てくる。

「あ、うん、終わりじゃないよ、終わりじゃない」

湊斗が必死にユノの腕《うで》に縋《すが》りついて下から顔を覗《のぞ》き込むと、彼は声こそ出さなかったが、ぷすっと息を漏《も》らし肩を揺らして笑いだした。

「……ふっ……とにかく色気がないな」

ユノがそんなふうに笑うのを見るのははじめてだ。

湊斗はユノの顔を覗き込んだまま固まった。胸のど真ん中を射貫《いぬ》かれるほど、笑った顔がかわいい。呼吸がとまり、まばたきを忘れる。

「や……ば……すぎ……」

心臓がバグを起こしたように、今度はいっきに血液を送り出した。狭《せま》いソファーでうしろに倒《たお》れそうになった湊斗の腕を、ユノが「おい！」と慌《あわ》てて摑《つか》んで引きとめる。

様子がおかしい湊斗を心配しているユノの腕の中から、彼の顔を見上げた。もとからハンサムだが、全体がキラキラしている。もしかして自分の視界だけだろうか。

「僕……ユノのことめちゃめちゃタイプなのかも」

「タイプ……というのは……姿形の話か」

「最初から容姿も完璧《かんぺき》だけど、中身も素敵《すてき》でかわいいってことを知ったら、ユノがもっと、なんか眩《まぶ》しいくらいにキラキラして見えて……」

湊斗のその言葉にユノは驚きつつも、奥歯を嚙《か》んでうれしさをこらえるような顔つきだ。そんなユノをじっと見つめていたら、やおら抱《だ》き寄せられ、彼の胸にすっぽりと閉じ込められた。大きなユノにそうされると、まるで繭《まゆ》にでもくるまれたような、ほっとした心地《ここち》になる。

湊斗は彼の胸元《むなもと》に顔を押しつけた。そこで思いきり深呼吸し、あぁやっぱ好きなにおいだ、と再認識《さいにんしき》する。身体《からだ》の芯《しん》を抜《ぬ》かれて、頭の中身がとろりととけ、湊斗に至上の安寧《あんねい》をもたらす香《かお》り。好意がないと、きっとこんなふうには感じない。

——僕はユノに惹《ひ》かれてるんだ。

湊斗がうっとりとしたまま顔を上げると、優しくて甘さもあるまなざしでユノに見つめられていた。そのままユノがひたいに小さなキスをくれる。親が子にくれるようなそれにも、湊斗はどきどきとしてしまう。

「ユノは僕のことを大切にしてくれるって、分かる」

湊斗が高い治癒《ちゆ》力を得ればファミリアの獣人《じゅうじん》たちに何かあったときに助けることができるし、ユノ自身も持っている能力を高められる。庇護《ひご》する者とされる者の関係ではあるし、湊斗が異世界で生きていくためにも必要なことだけど、それで得られるメリットのためだけに、こんなふうにふれあうことは難しいと思っていた。

――ユノの言う「清らかで澄《す》んだ魂《たましい》」はよく分かんないけど、僕を大切だって想ってくれてる。それははっきり分かる。僕は新しい人生に飛び込みたい。自分の意思で始めたい。だから今はそれで充分《じゅうぶん》だ。

絆《きずな》より前に心をつなぎたい。ユノとしっかりと視線を合わせて「もう一回しよ」とお願いする。きのうのはキスとはいわないし、さっきのは失敗した線香《せんこう》花火みたいにあっけなかった。

今度はちゃんとしたキスを。

ユノが大きな手で、最初は遠慮がちに湊斗の頬《ほお》にふれて、そこから耳、頭を、丁寧《ていねい》にそっとかわいがるようになでてくれる。

――優しい目……。

今まで見たユノの中でいちばん。いつもの彼より、ずっと柔《やわ》らかな表情に映る。

指で皮膚《ひふ》を薄《うす》くこすられ、ぞくっとして一瞬《いっしゅん》まぶたを閉じたのと同時にくちびるが重なった。

マシュマロ、スフレケーキ、透明感《とうめいかん》のあるゼリーを思い出す。キスの最中に食べものばかり思い浮《う》かべるなんて卑《いや》しいな、と自分のことがおかしい。

「また……笑って……る、な……」

啄《ついば》むようなキスの合間に、ユノに窘《たしな》められた。

「なん……か、てれくさ……くて……くすぐったいし……」

「これじゃ……まるで、仔犬《こいぬ》がじゃれてるみたいだ」

くっついたままユノがしゃべるから、ますますくすぐったい。くちびるが重なったり離《はな》れたり、こすれたり。息がかかると、肩が小さく跳《は》ねた。ユノが「湊斗」と咎《とが》めるように呼ぶ。

「だ……って……、ん、ふっ……」

「笑うな」

こんなやりとりも楽しくて、はしゃぎたくなる気分でまた笑ってしまう。

しびれを切らしたユノが両手で湊斗の頭をしっかりと摑み、深く重なるように押しつけてきた。くちびるの薄い皮膚をこすり、それから濡《ぬ》れた粘膜《ねんまく》同士がふれあったとたん、湊斗は喉《のど》の奥で声を上げる。背筋が震《ふる》えるほど甘美な痺《しび》れが走ったのだ。

「んんっ……」

鼻腔《びこう》を抜けるその声を聞きつけたユノがさらにくちびるをぴったりと塞《ふさ》いだ。さっきまで固定するように摑んでいた手と指で、今度は湊斗の頭皮や、耳朶《みみたぶ》や、柔らかな首筋、うなじをくすぐるようにふれてくる。そうされると、背筋のざわざわが大きくなった。

はじめてだけど、気持ちいいと感じる。もっとたくさんしてほしい。

「……っ……」

無意識にユノにしなだれかかっていた。それをユノが両腕《りょううで》で支え、身体で受けとめてくれる。

ふいにくちびるを啜《すす》られて、だらしなくほどけたあわいをユノの舌でべろりと舐《な》められた。

「ユ……あ……」

湊斗のものよりも分厚くて力強く動く舌で、歯茎《はぐき》をなでられ、頬の内側も、舌下《ぜっか》や上顎《うわあご》までも嬲《なぶ》られる。応《こた》える余裕《よゆう》もなくされるがままだ。

くちびるも口の中もふやけてしまう、と思うくらい長いくちづけが続いてようやく離れたときには、湊斗は陶酔《とうすい》の心地ですっかり脱力《だつりょく》してしまっていた。

性感を煽《あお》られるキスで湊斗の下肢《かし》が熱く昂《たかぶ》っていることに、彼は気付いているだろうか。

眸《ひとみ》が潤《うる》み、視界はぼやけている。陶然《とうぜん》としていたところ、ユノが湊斗の頬や耳、蟀谷《こめかみ》にキスをしたりときどき歯を立てたりするから、「ふふ」と小さく笑った。

「食べられちゃいそう……ん、ふっ……」

濡れた音を立てて首筋を吸われる。くすぐったくて気持ちいい。ユノに「柔らかだ」と楽しそうに甘噛《あまが》みされ、身体がうしろに逃《に》げるうちに、そのままユノに押し倒された。

「んっ……んんっ……」

湊斗の膨《ふく》らみをユノの大きな手のひらで包み込まれ、優しく揉《も》まれている。服の上からとはいえ、そこをはじめて他人にさわられ、尖《とが》った爪《つめ》でひっかくようにされると少し怖《こわ》い。それなのに勝手に腰《こし》が揺《ゆ》れてしまうほど感じてしまう。

「あぁ……少し爪が出てしまっていたな。もう二度と湊斗の肌《はだ》に傷をつけたくない」

ユノの尖っていた爪が、みるみるうちに短く整えられたように変化した。

今度は指の腹でなでられ、揉まれ、恥《は》ずかしさであちこちに火がつきそうだ。閉じたまぶたが燃えている気がする。逃《のが》れたいけれど、ソファーのどん詰《づ》まりで逃げ場がないし、抵抗《ていこう》しようにももうぜんぜん腕に力が入らない。

ユノが「いやなのか」と耳孔《じこう》に舌を突《つ》っ込みながら訊《き》いてくるから、湊斗は答えることすらできずに首を竦《すく》めるだけになった。そもそも自分が本気で抵抗したいのかだって定《さだ》かじゃない。だって、ユノにさわられても、嬲られても、声が出そうなくらい気持ちいいのだ。

するとユノがまるで「俺も同じだ」とでもいうように、湊斗の太ももに彼の硬《かた》いものをゆるゆると押しつけてきた。その刹那《せつな》にユノと目が合い、自然とくちびるを合わせる。

同じ、と示されると安心して、恥ずかしさは霞んでいく。

くちづけあいながら中心を愛撫《あいぶ》されると、頭の芯がとろけていくような感覚だ。それに反して、湊斗のペニスは手に負えないほど熱く硬くなっている。コットンのワンピースに先走りが染《し》みて、ユノはからかわないけど、分かりやすく知らせるそこばかりを指でなでてくる。

湊斗はもう変な抵抗をやめて、片方の脚《あし》をだらりと座面から床《ゆか》に落とした。あきらめではなく、脆弱《ぜいじゃく》な部分を隠《かく》さず明け渡《わた》し、自分のすべてを相手に委《ゆだ》ねようと思ったのだ。

「湊斗……、湊斗とつながりたい。湊斗の中に、入りたい」

ひたいをくっつけて、ユノは小さく懇願《こんがん》するような声だ。眸が潤んでいる。呼吸が速い。発情しているのが湊斗にも伝わる。つがいに対する彼の本能がきっとそうさせているのだ。

「うん……いいよ……しよう？」

でも、どうしたらいいのか分からない。

するとユノが「ベッドへ」と、身を起こした。

「必要な香油《こうゆ》や、香木もある」

ユノは軽々と湊斗を縦抱《だ》きし、天蓋《てんがい》付きベッドへ連れていってくれる。歩けないことはなかったけれど、湊斗はユノの首筋に腕を巻きつけた。

ユノは湊斗をベッドに寝《ね》かせると、ガーゼタオルや水が入ったボウルを準備し、ベッドサイドチェストから出した香油の瓶《びん》を数本並べる。それから香炉《こうろ》に仕込んだ木片《もくへん》がユノの熱魔法《まほう》で燻《くすぶ》り始め、いい香りが漂《ただよ》ってきた。

「この香木はリラックスできるように。香油も、粘膜に使って差し支《つか》えないものだ」

深く息を吸いこむと、香木の効能なのか軽く酔《よ》ったようなふわんとした気分だ。お酒を飲んだことはなくてもアルコールを含有《がんゆう》する点滴《てんてき》なら受けたことがあるから、なんとなく分かる。

――すっとするような、それでいて甘い香りが香木……。うっすらハーブの香りがするのは香油かな……。香油を使う粘膜って……おしりの……だよな？

なんだかぼんやりしているうちに、ぞわぞわする感覚が全身に広がっていて、気付けば湊斗は浅い呼吸で喘《あえ》いでいた。でも苦しいのではなくて、気持ちいい。うとうとするような心地《ここち》の中で、遠くで何かが啼《な》いている――と思ったら、それは自分の声だった。

「……あ……はぁっ……あっ……」

眸が潤んで視界がぼやけているけれど、ユノの手でペニスをこすり上げられている。それが気持ちよくて、荒《あら》い呼吸に交じって声まで出てしまうのだ。

刺激《しげき》的な光景に驚《おどろ》いていると、ユノが頬にキスをくれる。湊斗は喉をひくつかせながら彼を見上げた。ユノはいつものクールな表情ではあるが興奮を滲《にじ》ませていて、少し呼吸が速い。

湊斗の陰茎《いんけい》は今にも弾《はじ》けそうに膨らんでいる。先端《せんたん》がぬらりと光るほどに濡れているのは、香油を塗《ぬ》りつけられたのだろうか。剝《む》きだしの粘膜の丸みをユノに指でこすり上げられると、ひくつく鈴口《すずぐち》からよだれのような先走りがこぼれる。

「あぁ……あ……それっ、イっちゃう……」

湊斗のワンピースの裾《すそ》をたくし上げただけの状態なので、ベッドやユノの服まで汚《よご》してしまいそうだ。ユノの腕《うで》や肩《かた》にしがみつくけれど、彼は愛撫の手をとめてくれない。

「イかせようとしてるんだ。このまま出していい」

ユノの声も少し遠い気がして、縋《すが》るような目でユノを見上げた。ユノがそんな湊斗を片手に抱いて、あやすようによしよしと肩をなで、蟀谷や頬《ほお》にはキスをくれる。

「んーっ……んっ……」

ユノの腕の中で甘やかされながら、湊斗は吐精《とせい》の刺激に腰をびくびくと震わせた。

許されたとはいえ、粗相《そそう》をした気分だ。恥ずかしさに耐《た》えられず、ユノの胸で「んんぅっ」と呻《うめ》くことしかできない。

「そんなに恥ずかしいことじゃないだろ。それに気持ちいいと感じてくれないと……」

「……毒蜜《みつ》をリジェクトされたら困る？」

ユノは「それもあるが」と喉の奥で笑った。

「気持ちいいと感じさせたい」

優《やさ》しい声でいいきかされながらユノの背中に両手を回して強く抱きついたとき、何かが身体《からだ》から溢《あふ》れ出て、湊斗は「わあっ」と色気のない声を上げた。

「お、おしりからなんか出っ……何これ……？」

「あぁ……それはできるだけこぼさないように我慢《がまん》して。出てしまった分は足せばいいが」

後孔《こうこう》から何かが滴《したた》り、いっきに夢から醒《さ》めた気分になったところに、さらなる衝撃《しょうげき》を受ける。ユノが「足せばいい」と指で摘《つ》まんでいるのは直径二センチちょっとありそうなボール状のもので、それを湊斗の後孔に挿入《そうにゅう》しようとしているからだ。

「どっ、どんぐり飴《あめ》くらいあるけど、それもおっきめの！　駄菓子《だがし》屋で売ってるやつ！」

ユノは「どんぐり飴？」とぴんとこない様子だ。獣人《じゅうじん》界には駄菓子屋だってないかもしれないが、とにかく湊斗が見慣れた座薬なんかよりだいぶサイズが大きくて驚愕《きょうがく》する。

「湊斗の中を拡張するために三つ挿《い》れた。蜜玉の外側はとける。中身は潤滑剤《じゅんかつざい》だ。香油も潤滑剤だが、これは粘膜《ねんまく》に直接効いて最初の痛みを抑《おさ》えてくれるし、より性交を助けてくれる」

ぼんやりしている間にすでにその蜜玉とやらを三つも挿れられていたらしい。

こうしてユノの説明を聞いている間にも、いちご味の飴玉《あめだま》みたいなそれをさらに二個も追加されてしまった。双方《そうほう》にとって有用なアイテムなのかもしれないが、現状湊斗には異物を挿れられている感覚しかない。

思いっきりそれが顔に出てしまうと、ユノは湊斗の顔を覗《のぞ》き込んで「ごめん」と謝ってくる。

「湊斗の身体をまちがっても傷つけたくない。行為《こうい》に慣れたら香油だけでよくなるから」

そんな弁解の最中に今度はそこに指を挿れられ、中を探《さぐ》るように動かされて、湊斗は驚きの連続で口をぱくぱくさせた。挿れられたばかりの蜜玉が後孔でころころと転がる感覚に、変な声が飛び出しそうだ。

「やだ……よぉ……これ……」

「もう少し拓《ひら》かないと……入らない」

そんなに大きいのかと驚いて、半泣きになりつつも、湊斗はユノの下肢に手を伸《の》ばした。ワンピース越《ご》しにふれたユノのペニスはずっしりと重く、湊斗の倍くらいはある。

「体格差えぐいぃ……言われていることは分かるけれど……、っ……」

そのとき、こすり上げられている身体の内側がきゅうんとうねり、ユノの指を締《し》めつけた。

「……っ……？　はっ……、ユ、ユノ……なん、か……」

ペニスをこすって得る快感とはちがう種類の何か。ふれられている一点から全身に甘ったるい痺《しび》れが広がっていく。それが他《ほか》のどれとも比べられないくらい気持ちいい、と感じた。

湊斗を見守っていたユノが顔色を変え、さっきより大きく指を動かしてくる。

「あ……あぁ、まっ……あ、や、やだっ……ユノっ……」

はじめて知る刺激に身体がわななないた。深く埋《う》めた指をユノが動かすと、中のまだとけていない蜜玉が跳《は》ね回りながらあちこちの壁《かべ》を同時に抉《えぐ》る。しかし湊斗が逃げ腰《ごし》になったところで、ベッドの上にたいした逃げ場はない。力が入らず、かかとがシーツを上滑《うわすべ》りする。

「快感だけ追っていろ」

ユノに抱《だ》き寄せられるままに、湊斗は彼の胸に縋った。すべてユノが元凶《げんきょう》なのに、湊斗が頼《たよ》れるのも彼だけだ。

ユノの広い胸に顔を押しつけ、大好きなにおいを探す。湊斗にとって精神安定剤《ざい》のようなそれに、今はユノの存在を逆に強く感じてしまった。

ふいに蜜玉が内壁《ないへき》をぐりりんと強く穿《うが》ち、どうしようもなく腰が跳ねる。湊斗の嬌声《きょうせい》はほとんどがユノの胸に吸い込まれた。

動きはどんどん大胆《だいたん》になっていく。中で絡《から》まりあうように動く蜜玉ごと、執拗《しつよう》に指で掻《か》き回されている。しかし驚くのは最初だけ。すぐにそれを快楽が凌駕《りょうが》する。

――ユノの指がこすれてるところ……こすられてるところ、あぁ……。

くちゅくちゅという水音が耳に届いて、それが何かすら頭でろくに考えることもできなくなったころ、中をさんざん蹂躙《じゅうりん》していた指が引き抜《ぬ》かれた。その直後に息を整える間もなく後孔のふちを圧迫感《あっぱくかん》のあるものがぴたりと塞《ふさ》ぐ感覚があって、湊斗はそれまでずっとつむっていた目を開ける。

「蜜玉はぜんぶとけた……挿れるぞ」

この瞬間《しゅんかん》、自分の治癒《ちゆ》力とユノの能力を上げるためでもある、という大義は頭になかった。

ふたりの身体を繋《つな》ぐため、そこにユノの逞《たくま》しいペニスが挿《さ》し込まれていく様を湊斗は茫然《ぼうぜん》と眺《なが》めていた。蜜玉の効果で、充血《じゅうけつ》して凶暴《きょうぼう》そうな尖端《せんたん》が沈《しず》むときに衝撃があっただけで痛みはなかったからか、なんだか現実味が薄《うす》い。それにまるで自分の身体のほうが呑《の》み込もうとしているように見える。

さっきも聞こえたいやらしい水音が大きく響《ひび》いて、中に仕込まれた蜜だとようやく分かった。痛みも快感もないが、身体に潜《もぐ》り込んでくる異物感と圧迫感が強い。どこまで入ってくるのか分からなくて怖《こわ》い。湊斗の性器よりずっと大きくて、硬《かた》くて、やっぱり怖い。

「はぁ……っ……、やぁっ……」

両手で腰《こし》を摑《つか》まれ最後は押し込まれ、ついに隙間《すきま》なくふたりの下肢《かし》がぴたりと合わさった。あの長大なペニスが自分の中にあるなんて、あれをぜんぶ挿れただなんて信じられない。詰《つ》め込まれて苦しい。

「……湊斗、震《ふる》えているな」

ユノが湊斗の手を取ってそこにキスをくれる。それから、指、手の甲《こう》にも、まるであたためるようなキスのあと、ユノが湊斗の身体に覆《おお》い被《かぶ》さって抱擁《ほうよう》した。

「そんなに怖がるな。しばらく動かないでいるから」

「優しいけど遠慮《えんりょ》がないぃ……」

ユノは半泣きの湊斗を抱きしめたまま、髪《かみ》や耳、頬に、宥《なだ》めるようなキスを続けながら「それは悪かったな」と耳元で笑っている。

「ユノ、笑ってるじゃん」

「悪いと思ってるが……うれしくて……抑える気持ちをあまり保てなかったかもしれない」

ユノは湊斗の震えている太ももの辺り、腰や肩をいたわるようにさすって、とにかくたくさんキスをしてくれた。

「発情してるんだ。いつまでも遠慮できるほど、我慢のきく状態じゃないからな」

ユノがぴったりと腰を押しつけたまま揺《ゆ》らし、湊斗の中に沈めた硬茎《こうけい》を主張してくる。

「……ユっ……あっ……」

腕を動かせないほどしっかりとホールドされて、腹の底を突《つ》き上げる鮮烈《せんれつ》な刺激に湊斗は息を呑み、ただ身を震わせた。

さっきまで異物感しかなかったところに、じんわりと快感が広がっていく。一度そうなると、小突《こづ》くように腰を遣《つか》われるだけでも、そこで生まれるのがすべて快楽の小波になった。その寄せて返す波が、徐々《じょじょ》に増幅《ぞうふく》していく。

浅く弾《はず》む呼吸に甘やかなものが混じりはじめ、だんだん歯を食いしばれなくなってきた。

「……ふっ……うっ、んっ……」

「何をたえてる？　どうして声を我慢する？」

心底不思議そうな顔で今度は無遠慮《ぶえんりょ》に問いかけられる。獣人には湊斗の恥《は》じらいが理解できないのかもしれないが、香木《こうぼく》の効果が切れたようで、こっちはさっきより正気が戻《もど》ってきているのだ。

「蜜玉の効果もあるが、俺が湊斗をつがいとして召喚《しょうかん》したんだ。気持ちよくて当然だ。治癒効果の高い甘蜜を出すためにも、抵抗《ていこう》せずに快楽に身を委《ゆだ》ねろ」

「そんな話、聞いてないぃ……ん、んっ……はぁっ……んっ……っ……」

湊斗はすぐ傍《そば》にあった枕《まくら》に顔を埋めた。深く嵌《は》めた尖端で内襞《ひだ》の同じ箇所《かしょ》を執拗にこすられて、ユノに掴まれている両方の脚《あし》、つま先がびくびくと跳ねてしまう。

「中がうねる……ここが気持ちいいんだな」

「ふぅ、んんぅっ……」

探り当てられた場所を硬い雁首《かりくび》で強めに引っかかれると、自分でも分かるほど内壁が収斂《しゅうれん》するから、そこにいるユノに伝わらないわけはなかった。

「隠《かく》れるな。声を我慢するな」

枕に隠れていた顔を覗かれ、あやすようなくちづけでくちびるのこわばりをほどかれてしまう。上唇《うわくちびる》を優しくしゃぶられながら腰を遣われると、喉《のど》の奥からも、鼻腔《びこう》からも、抑えきれない声がこぼれた。

「あ……、ぁんっ……ん、や……だ、あぁ……はぁっ……んっ……」

往生際《おうじょうぎわ》悪《わる》く握《にぎ》っていた枕を取り上げられ、その手をユノの首筋でリリースされる。素直《すなお》にそこに縋《すが》りついたまま湊斗がうわずった甘え声を上げると、ユノの動きも強く大きくなり、硬茎で身体《からだ》の中をこすり上げられる感覚に湊斗は今さらながら驚《おどろ》いた。さっきまでの動きは、あくまでも互《たが》いを馴染《なじ》ませて慣れさせるものだったのだと思い知る。

――……これっ……セックスなんだ……！

後孔《こうこう》でユノのペニスを受け入れてつながり、そこを抽挿《ちゅうそう》されている。何をするか頭では分かっているようで、本当にはぜんぜん分かっていなかった。

粘膜同士がこすれているところ、身体の芯《しん》から燃え上がるような快感が湧《わ》いてくる――その未知の快楽に全身が驚いているが、湊斗はなすがままだ。

「こ……れ、やばいぃ……」

「やばい……？」

「……ふ、あっ……気持ちぃ……あぁ……あっ……」

そのとき、下から突き上げられるようにして、いっそう深いところに嵌められた。ユノにしか届かないほどの最奥を、先端《せんたん》の丸みで煽《あお》るように掻き混ぜられる。何度もそうされるうちに、そこからじゅぼじゅぼとユノのペニスに吸いつくのが分かるようなはしたない粘着音《ねんちゃく》が響いて、湊斗は再び「やだ、音、やだ」と涙声《なみだごえ》で訴《うった》えた。

「湊斗の身体が俺を受け入れたがってる証拠《しょうこ》だ」

優《やさ》しい声で諭《さと》されて、湊斗は奥歯を噛《か》んだ。ユノにされていることを自分の身体が悦《よろこ》んでいるのは分かっている。それ自体がいやなわけじゃない。

「いやと言わないでくれ……さみしくなる……」

ユノに懇願《こんがん》されて、湊斗は彼を見上げた。ユノは少し不安そうな、苦しそうな表情だ。でもそれがすごく色っぽくて、扇情的《せんじょう》で、男らしいのに、かわいくも見える。

「……さみしくなんなくていいよ。こっちは気持ちよすぎて恥ずかしくて、どうにかなりそうなんだよ。やだくらい言う」

結果的に本音を言わされてしまった湊斗が潤《うる》んだ眸《ひとみ》で睨《ね》めると、ユノはうれしそうにうっすら笑った。湊斗にしか伝わらない笑《え》みを、今日はたくさん見せてもらえている気がする。

湊斗がほほえみ返すと、接合部やペニスに蜜《みつ》玉より粘度《ねんど》の低い香油《こうゆ》を垂らされ、再びユノが動きだした。なめらかな抽挿がひっきりなしに続き、混じりあう体温と摩擦《まさつ》で花のような甘い香《かお》りが立ち昇《のぼ》ってくる。

奥の壁を押しつぶすように捏《こ》ねられ、さらにどろどろのペニスを手淫《しゅいん》される。ふたつの異なる快感を同時に与《あた》えられるとじっとしていられず、湊斗は無意識に腰を振《ふ》って悶《もだ》えた。

「んんっ……んあっ……」

沸騰《ふっとう》するような強烈《きょうれつ》な快感に身震《みぶる》いする。奥だけを狙《ねら》った小刻みな動きも、大きなストロークで抜き挿しされるのも、気持ちよくてたまらない。

「はぁっ……っ……ユ、ノっ……あぁ、それ、すごいっ……」

ユノの首筋に両腕《りょううで》で摑まったまま振り子のように揺さぶられながら湊斗は喘《あえ》いだ。

今度はしがみついていたのを剝《は》がされてベッドに寝《ね》かされると、脚を持ち上げられ、浅い位置からいちばん深いところまでくまなく届くように、丁寧《ていねい》に、時折激しく抽挿される。

快感は分厚く積み重なり、どこまでも昇っていけそうだ。いつまでも快楽を与えられ続け、この行為《こうい》が永遠に終わらない気がする。

「……あぁ……もう、奥に出すから……」

ユノに耳元で終わりを告げられ、湊斗は「や……もっと」としがみついた。そうして自ら腰《こし》をユノにすりつけると、何度も軽い絶頂感が来てまぶたの裏側が真っ白に塗《ぬ》りつぶされる。波が来るごとにそれは大きくなり、射精することなく昇りつめるオーガズムをはじめて経験した。

こんな濃《こ》い快楽があるなんて知らない。

両手で腰を摑まれ、最後の律動を遮二無二《しゃにむに》ぶつけられる。すると昂《たかぶ》りが落ちることなく、さっきの強烈な絶頂感が再び来るのを感じた。

「ふあ……、あぁ……また、うそ……きちゃうっ……」

ユノに手を取られ、自慰《じい》をするように導かれる。深い愉楽《ゆらく》に理性の箍《たが》が完全に外れてしまい、湊斗は自慰に耽《ふけ》った。

快感に脳が震蕩《しんとう》して、身体が震え、何度も極《きわ》まった。

ユノが最奥に嵌めた先端をさらに深く押しつけ熱いものをほとばしらせている——どくどくと脈打つように白濁《はくだく》が吐《は》き出されるのを後孔ぜんぶで感じると、声も出ないほどの濃厚《のうこう》な快感が湊斗を吞《の》み込んだ。

5．おだやかな時間

翌朝、同じベッドで眠《ねむ》るユノを見つけた瞬間《しゅんかん》に昨夜のあれもこれも思い出し、湊斗は上掛《うわが》けに顔の半分まで潜《もぐ》り込んだ。

――きのうの百倍くらい今のほうが恥ずかしい。

ユノとの行為は結局一度では終わらず、体位が変わるとまた新しい快感を得られて夢中になったのだ。そのあとは精液や香油でべたべただった湊斗の身体を、ユノが猫足《ねこあし》のバスタブで清めてくれて、ふかふかのタオルで全身を拭《ふ》くまでしてくれた。その辺りから湊斗はうとうとしていたので、ベッドへ運ばれたあとそのまま彼の腕《うで》の中で寝てしまったのだろう。

つがいになると互いの能力が上がるときいていたので、どこかが何か変わるのかもしれないと思っていたが、寝具《しんぐ》の中で自分の身体を探《さぐ》ってみても変化は感じられない。

――えっちの最中も、頭が変になりそうなくらい気持ちよかっただけで……とくに何も。

なんとなくほっとする。湊斗自身も獣人《じゅうじん》化して尻尾《しっぽ》が生えてきてもびっくりするし、爪《つめ》が鋭《するど》くなったら毎日自分を引っかきそうで怖《こわ》いし、何かのまちがいで女体化したりしないだろうかとも考えたが杞憂《きゆう》だった。

——ここは異世界だから何が起こるか分かんないし。

湊斗は右手の指先をじっと見つめ、甘蜜を出してみようと試みる。本当に自分の治癒《ちゆ》力が高まったのか、気になったのだ。

——えっちの回数って関係あるのかな。

もしかして甘蜜の効き具合で、交尾《こうび》の回数の多い少ないが他人にバレたりするのだろうか。

甘蜜を出すことに慣れ、指先からぼたぼたと滴《したた》り落ちてしまって慌《あわ》てる。

ふと気付くとユノの目が開いていた。湊斗がごそごそと動いたせいで起きたらしい。

湊斗がガーゼで指を拭《ぬぐ》いながら「おはよう」と声をかけると、「おはよう」と低いトーンで挨拶《あいさつ》が返ってきた。朝の光の中で見るユノはいっそう美男に映るし、そんな彼に見つめられると身の置き所がなくてれくさい。

ユノの服は昨晩から着崩《きくず》れしたままの状態だ。ワンピースの胸元《むなもと》は覗《のぞ》き、髪《かみ》は乱れ、でもその気だるい雰囲気《ふんいき》になんだかどきどきさせられる。

気まずくて目線を外すと、ユノが湊斗の前髪《まえがみ》を梳《す》いてなでた。なんとユノが湊斗を見つめて少しほほえんでいる。湊斗は目を瞬《しばたた》かせた。おもしろいことなんて何もしていないはずだ。

「……なぜ何も喋《しゃべ》らない？」

「そ……そっちこそ」

もぞもぞと言い返す湊斗に対しユノは余裕《よゆう》の面持《おもも》ちで、「ふっ」と喉《のど》の奥で笑っている。

——顔面がいい！　朝陽《あさひ》の天然フィルターだけでこの盛れ具合……すごすぎる。

寝起《ねお》きの柔《やわ》らかな笑みに、湊斗はただただ釘付《くぎづ》けだ。

気付けばユノの顔が目前に迫《せま》っていて、湊斗が「え？」と呆《ほう》けた口にくちづけられた。軽いキスのあと、そのままユノの胸に抱《だ》かれる。すっかり覚えたユノのにおいが香《かお》って、湊斗は急激に心を鞣《なめ》された心地《ここち》になった。こうして甘えてもいいと許されている気分だ。

「えっと……あの……僕って、ユノとつがいになったんだよね」

「そうだな」

「治癒力、上がったかな……。甘蜜はきのうのと変わらないかんじに見えたけど」

「見た目や味は変わらない。交尾を繰《く》り返すとさらに力が増す。もう俺以外とはできないぞ」

つがいとの性交のあと一定期間は他《ほか》との交わりが不可能になるようにマーキング効果によってロックされ、貞操《ていそう》が護《まも》られる、という話だった。

「ユノ以外となんて考えもしないよ」

湊斗が苦笑《くしよう》すると、ユノは眩《まぶ》しそうに目を細めて、再びくちづけてくる。今度はすぐに離《はな》れず、啄《ついば》むようにされて、ゆるんだくちびるの隙間《すきま》にユノの舌が滑《すべ》り込んできた。

濡《ぬ》れた舌を絡《から》め、舐《な》め合うキスが気持ちいい。くちびるが合わさる角度を変えながら覆《おお》い被《かぶ》さってくるユノの背中に、湊斗も両腕を巻きつけて応《こた》える。

まぶたを閉じてうっとりと夢見心地でくちづけを交《か》わしている最中に、遠くで何か音がしたなぁ……と思った次の瞬間、ばんっとドアが開く音がした。

「おーはよーございまーす！　朝食のボックスがまだ玄関《げんかん》にあっ……」

突然響《とつぜんひび》いたテンションが高い挨拶の声に湊斗は瞠目《どうもく》し、咄嗟《とっさ》にユノから離れた。ドアのところに立っているのは、巻きツノが特徴的《とくちょう》なヒツジ獣人。その足もとには朝食の宅配ボックスと、バケツやホウキなどの掃除道具《そうじ》が置かれている。

湊斗が「誰《だれ》っ？　何っ？」と慌てる隣《となり》で、ユノは上半身を起こして「……あぁ」という薄《うす》い反応だ。ヒツジ獣人はドアを開けた瞬間こそベッドの上のふたりに驚《おどろ》いていたものの、「あとにしたほうが？」とわりと冷静な反応だ。

「ヒツジ獣人が部屋の掃除に来る日だった。彼には鍵《かぎ》を預けてる」

「……部屋の……掃除……？」

ヒツジ獣人は「ノックもしましたよ」と明るい笑顔だ。

まさか自分たち以外の獣人がいきなり訪ねてきてドアを開けるような環境《かんきょう》だとは……と驚いたが、キスに夢中で気付かなかっただけで、そういえばドアベルも鳴っていた。

ユノはボスだけど給仕《きゅうじ》みたいな人はこの家にいない。食事も宅配されているし、彼の身のまわりのお世話をする役目をファミリアで担《にな》っているのだろう。

ユノに招かれ、ヒツジ獣人は「じゃあ、ちゃちゃっとやっちゃいますね。朝食のボックス、テーブルに置いときます～」と掃除道具を手に部屋に入ってきた。

ベッドをおりるユノに置いて行かれまいと、湊斗も彼のあとに続く。だって今ヒツジ獣人とふたりきりにされたら、気まずいことこの上ない。

ユノが軽く湯を浴びて昨晩の名残《なごり》を洗い流す間、湊斗は歯を磨《みが》いて洗顔し、その後も彼のあとをついて回った。

「この部屋の掃除は、今日は軽めに。ベッドは整えておきました」

そう報告をくれたヒツジ獣人にユノは「ありがとう」と告げ、彼が退室するのを見送るが、湊斗はベッドのほうをなんとも言えない気持ちで眺《なが》めた。

――うわ……いろいろと付着してたはずなのに……。

リネン類はすべて取り替《か》えられ、ベッドメイクされている。香炉《こうろ》や香油の瓶《びん》、蜜玉《みつ》が入っている陶器《とうき》はベッドサイドチェストに堂々と置いたままだ。

涼《すず》しい顔で朝食のためにダイニングテーブルについたユノに、湊斗も倣《なら》った。

「こういう……あの、交尾しました－的なあれこれを他の人に見られるの、ユノはあんまり気にしない……？」

湊斗の問いかけにユノは紅茶を淹《い》れながら目線を上げる。

「つがいだからな。つがいなのに交尾してないとなると、逆に心配される」

人間の治癒力に対する期待もあるだろうし、湊斗の身の安全が担保されれば諍《いさか》いのタネになることなく、周囲にいる獣人たちも平穏《へいおん》に暮らせる。加えて、ユノの能力をさらに高めることになるからだ。

「でも……シーツとか、蜜玉とかいろいろ、恥《は》ずかしいものはやっぱり恥ずかしいよ」

獣人界で暮らす者として、こういう環境に慣れないといけないということだろうか。

「ヒツジ獣人はそんな細かいことはいちいち気にしてない。俺なんか子どもの頃《ころ》におもらししたシーツを何度洗われたか……」

「おもらし……」

今のユノの口から出る単語としてはあまりにもイメージとかけ離れている『おもらし』。でもそんな彼にも子ども時代がある。

「きっと美少年でかわいかったんだろうね。子どもの頃のユノに会ってみたいよ」

ユノはちらりと湊斗を一瞥《いちべつ》すると、パンを手に取って思い出を語ってくれた。

「ライオン獣人の父がファミリアのボスで、俺はウルフドッグ獣人の母にべったりだった。子どもの頃は……父との思い出より、母と遊んだ場面を多く覚えてる」

「そっか……ユノのご両親は、ユノがもともといたファミリアで今も生活してるんだよね？」

この島中心の最大のファミリアから独立したと、ユノからきいている。

「あぁ。母のほうは今、病気を患《わずら》っているが」

湊斗が「治りそう？」と訊《き》くと、ユノは「いや……残念だが」と答えた。そのことをはじめて知った湊斗は言葉を失ってしまう。

「身体《からだ》の中に悪いものができて、あちこちに広がる病だ。甘蜜でも完治できない」

「……そう……なんだ……」

湊斗の治癒力は万能《ばんのう》ではない。どうしようもない場合もあるのだと、そのときに知った。

朝食のあと、毎朝おいしいパンを焼いて届けてくれるうさぎ獣人のところへ、ユノと一緒《いっしょ》に向かった。赤茶色のレンガの壁《かべ》の家で、庭にはハーブが植えてある。

出迎《でむか》えてくれたうさぎ獣人のミーレは、フレミッシュ・ジャイアントと聞いていたとおり長身でふくよか、しかも耳が立っているのでユノより大きく見える。頭部は完全なうさぎで、湊斗は内心で「かわいい〜大きい〜」と沸《わ》いた。

湊斗はまず、朝食のお礼と、毎日とてもおいしくいただいていることをミーレに伝えた。

「えっ、湊斗直々に、わざわざそれを伝えに来てくれたの？」

「それに、こんなおいしいパンを焼く、フレミッシュ・ジャイアントに会ってみたくて」

ミーレは「光栄です」とエプロンで手を拭《ふ》いて、湊斗に握手《あくしゅ》を求めてきたのでそれに応える。

「あぁ、やはり人間は小さいものだね」

「ミーレはとても大きいですね。あ、あの……とっても失礼なお願いかもしれないんだけど、少しだけ、なでてもいいですか？」

ここ、と湊斗が指したのは薄茶《うすちゃ》の毛並みの彼の手の甲《こう》だ。ミーレはあははと笑い、「どうぞ」と差し出してくれて、湊斗は「では……」と遠慮《えんりょ》がちに指先でふれてみた。

「あああ……毛並みがふかふか……！」

「そんなに感激するようなもの？」

「すっごく好きなんです、動物が。子どもの頃から」

「人間からするとわたしのような獣身《じゅうしん》は珍《めずら》しいのか。ユノは完璧《かんぺき》に人型を保っているしね」

そう言われて背後のユノの様子を見てみると、ユノはあいかわらず無愛想《ぶあいそ》な横顔で窓の向こうに目をやり、こちらに構う気がなさそうだ。

「わたしが毎日パンを焼けるのは、ユノのおかげだよ。パンを焼くのには火が必要だ。ユノが持つ熱を操《あやつ》る特殊《とくしゅ》能力で熱源を作ってくれて、あの焼き窯《がま》に焼《く》べているからね」

それからパンを作る調理場に案内された。年季の入ったドーム型の焼き窯や広い調理台、大きなボウルや生地《きじ》をのばすのに使われそうな棒、いろいろな道具が置いてある。

「食べたいパンのリクエストがあれば、なんでも言って。作ってあげるから」

ミーレはにこにこと気さくな口調で湊斗にそう告げた。

「ユノもお菓子《かし》が好きだし、このクッキー缶《かん》ごと持って帰っていいよ」

しかし、こんなにたくさん作るのはとてもたいへんなはずだ。缶ごとなんていただいてしまっていいのだろうか、と湊斗は背後のユノを振《ふ》り返った。するとユノがこちらへ近付いてくる。

「小麦はうちにあるからいいだろうが、ミルクやバターはたりてるか」

ユノがミーレに問うと、彼は「ミルクもバターももっとあるといいね」と答えた。

「次の交渉《こうしょう》のリストに上げておく」

「うん、お願いします」

ユノは他のファミリアと交易の交渉をしていると話していたから、そのことだろう。

そんなふたりの会話のあと、ユノが湊斗に「貰《もら》うといい」と告げた。

「ミーレは身体のどこか痛いとか、つらいことはない？　あったら僕に知らせて」

自分の治癒《ちゆ》力で何かできたらと思ってそう声をかけたが、ミーレは「問題なく元気だよ。ありがとう」と笑顔《えがお》を見せる。

帰り際《ぎわ》、湊斗はミーレのもとへ駆《か》け寄り、ユノに聞こえないようにそっと話しかけた。

「こういうクッキー、僕にも作れるかな」

「焼き窯があれば、できると思うよ。うちのを貸してあげてもいいし」

「今度、よかったら作り方を教えてください」

ミーレは小さい湊斗に合わせて身体を折り、「いつでもどうぞ」と笑顔でうなずいてくれる。

誰かの痛みを和《やわ》らげて傷を癒《い》やす役目があるとはいえ、その力を使わずにすむようにみんなが元気でいること、つまり湊斗が暇《ひま》なのがいちばんだ。だったら自分も他《ほか》に何かできることを見つけたい。今のところは毎日の食事や掃除だけじゃなく、服を作ってくれる獣人や、家具を作っている獣人などもいるおかげで、ユノの家で至《いた》れり尽《つ》くせりの生活だ。

このファミリアはそれぞれが持つ力や特技を他者のために使い、平和な生活を営んでいる。

――いきなり服とか家具は作れないし、その役目を奪《うば》うようなことはしちゃいけないしね。

獣人界という、小さくないけれどそれほど大きくもない世界で、じゃあ自分は何ができるだろうかと考えたとき、湊斗はユノにいつか自分がクッキーを焼いてあげられたらいいなと思ったのだ。

ふたりは、昼食、夕食を作ってくれるアンガス牛獣人のところも訪ねた。そのあとは散歩がてらユノに村の中を少し案内してもらい、草原で休憩《きゅうけい》したときにおみやげにいただいたクッキーを食べたりもした。

獣人界は暑くもなく寒くもない。いつも花が咲《さ》いていて、緑が鮮《あざ》やかで、まさに天国のようなところだ。

ユノとふたり、笑い声を上げて盛り上がるわけではなかったけれど、爽《さわ》やかな風に吹《ふ》かれながら水筒《すいとう》のハーブティーを飲み、はじめてのデートはやけにまったりとしたいい時間だった。

そこから帰宅したところ、玄関《げんかん》前にロウがいる。

「ユノの留守中に、使役鳥《しえきちょう》がベンガルトラ獣人のファミリアについて伝えにきた」

「湊斗を襲《おそ》ったヒグマからもたらされた情報の真偽《しんぎ》を確認《かくにん》するために、きのう使役を飛ばしたんだ」

あのバラの花みたいな色の鳥が戻《もど》ったらしい。ユノは「中で聞く」とロウを家に招き入れた。

ヒグマの言い分は「マングローブ側のファミリアが森を伐採《ばっさい》し、住み処《か》を追われた獣がなわばりを広げてる」というものだ。

「マングローブって、海とつながってるところに生える植物のことだっけ……」

湊斗の中では『木々が群生する川』というイメージだ。湊斗の問いにロウが「そう」とうなずき説明を続ける。

「満潮になると河口から海水が上がってくるから淡水《たんすい》と混ざる。だから変わった植物が多い。

マングローブは潮風と波から陸地を守り、陸からの汚水《おすい》の流出を緩衝《かんしょう》する役割もあるんだ」

獣人界の地図で見ると、北東側から本島の中央へ向かって伸《の》びる川伝いに、マングローブが描《えが》かれている。マングローブを境に北側にベンガルトラ獣人のファミリア、南側がここ、ユノのファミリアという位置関係だ。ふたつのファミリアはあのヒグマが暮らす広大な森でさらに隔《へだ》てられている。

ユノとロウがソファーセットに向かい合って座り、湊斗はベッドに腰掛《こしか》けた。

「ベンガルトラ獣人たちが森を伐採して土地を拡《ひろ》げているのではなく、マングローブを伐採していたらしい」

使役鳥から得た情報にユノが「なんのために……」と眉《まゆ》をひそめると、ロウは「さあ？」と肩《かた》を竦《すく》める。

「マングローブが極端《きょくたん》に減少するような無謀《むぼう》な伐採じゃないようだから、なんか特産品でも作ってるとか？　マングローブの観光事業を始めるつもりだったりして」

ロウの冗談《じょうだん》にユノはくすりともせず、ため息をついた。

「でもそれではヒグマがまるっきり嘘《うそ》をついたのか、餌場《えさば》を奪われた原因を勘違《かんちが》いしたのか分からないな」

「まぁ、そうだけど、ヒグマはユノにボコボコにやられて相当な傷を負ってたんだ。命がけの嘘をついた可能性もあるだろ。トラウマレベルの制裁を受けて森に帰ったんだから一件落着と見ていいんじゃないかな。ベンガルトラ獣人のファミリアはうちのお隣さんっていう位置関係だし……そっちは様子見する？」

地図で見る限りでも、森の向こうのマングローブで起こる事柄《ことがら》は対岸の火事ではないのだ。

「……そうだな。広大なマングローブとはいえ、それを万が一でも消滅《しょうめつ》させたら海水流入による塩害が発生して、内陸がどういうことになるか、そこに棲《す》むベンガルトラ獣人たちが分からない訳はない。注視する必要はあるが、あっちにも矜持《きょうじ》がある。今すぐ横から干渉《かんしょう》すべき事項《じこう》じゃないだろう」

ユノの意見にロウも「だよな。承知した」と首肯《しゅこう》した。

以前、ユノが「ファミリア同士で互《たが》いを不必要に干渉しない、領地を越《こ》えて逸脱《いつだつ》もしない。この世界で平和に暮らして行くために、なわばりを侵《おか》さないという暗黙《あんもく》のルールはある」と話していたことを思い出す。被害《ひがい》が出てから対応するのでは遅《おそ》いけれど、よそのなわばりのことについて口出しする材料がないし、ひとまず静観するしかない。

「ベンガルトラ獣人のファミリアは、下剋上《げこくじょう》で立ったばかりの若いボスがまとめていると聞いた」

「あぁ、そうらしいね。ファミリア内にはこれまでマングローブを護《まも》ってきた重鎮《じゅうちん》も大勢いるだろうし、野心強めのボスで内輪で揉《も》めてそう。それに比べてうちは平和だね。俺はここで末永く平和に暮らしたい。頼《たの》むよユノ」

そう言いながら、ロウがちらっとこちらを見るのに気がついた。

「今朝、村の獣人たちが『オスの湊斗が子どもを産めなくても、ハイブリッドの子孫を残すという望みを完全に絶たれたわけじゃない』って盛り上がってた」

ロウの言葉にユノは眉をひそめ、意味が分かっていない湊斗はふたりの会話を見守る。子どもを産めないのに、どうやって子孫を残すというのだろうか。

ロウはちらりと湊斗を見遣《みや》ったあと、ユノをまっすぐに見据《みす》える。

「ユノが湊斗の……人間の力を蓄《たくわ》えて、獣人のメスをつがいとして迎《むか》え、ハイブリッドの子孫を残せばいい。間接的ではあるけど雑種強勢の法則は保てるし……」

ようするに、湊斗と交尾《こうび》して体液を取り込むことでユノは獣人としての能力を高め、力を蓄えたあとで獣人のメスとの間に子どもをもうければいい、雑種強勢の強い子孫を残すために人間の力を利用すればいい、と村の獣人たちは考えているわけだ。

するとユノはロウを睨《にら》みつけ、「黙《だま》れ」と低い声で一喝《いっかつ》した。ユノの身体《からだ》から一瞬《いっしゅん》、熱のゆらぎのようなものが放たれ、それに気付いたロウが身を竦めている。

――僕にもユノの『怒《いか》り』の陽炎《かげろう》が見えた。感じた。

湊斗だって、遠慮《えんりょ》のない内容に啞然《あぜん》とした。村の獣人たちの『より強い子孫を望む』という気持ちは分かるが、湊斗はその役割を担《にな》えないオスだから、献身《けんしん》を求められているのだ。

――ロウが僕にこれを聞かせるってことは、諸々理解した上で、身の安全を担保に協力してほしいってことなのかな……。

重苦しい沈黙《ちんもく》のあと、ユノが湊斗の隣《となり》でこれみよがしなため息をついた。

「俺は子どもを持つ気はない。嫡子《ちゃくし》も庶子《しょし》も望まない」

きっぱりと断言したユノに、ロウが「ええっ!?」と瞠目《どうもく》している。

「いやいや……ファミリアのボスが何を言ってる？　ハイブリッド獣人《じゅうじん》として生まれたんだろ。さらに能力が高くて強いハイパーセントのハイブリッド獣人となる子を育てるのが、ボスとしての使命だ。それを放棄《ほうき》する気かよ。その血を先へつながないなんて選択《せんたく》、あり得るか？」

「俺は、湊斗以外とつがうつもりはない」

ユノが端的《たんてき》にそう断言する傍《そば》で、ロウは頭を抱《かか》えている。

「俺だって個人の嗜好《しこう》を咎《とが》めるつもりはないよ。好きにすればいい。でも湊斗はひっくり返ったって子は産めない。ユノが湊斗を便宜上《べんぎじょう》『つがい』だって主張するのはかまわないけど、本当の意味でつがいにはなれないんだぞ」

なおも言い募《つの》るロウに、ユノは「必要なのは次のボスだ」と顔色も変えずに言い放った。そんなユノにロウも引き下がらない。

「へりくつ言うな。ボスであるユノを信頼《しんらい》してるのは俺たちだ。今のボスに匹敵《ひってき》するかそれ以上じゃないと、どこかのバカに土地を狙《ねら》われ、奪われ、安寧《あんねい》を保てなくなるかもって、俺たちが不安になるのは当然だろ。でもユノの子なら、この豊かで安定した生活を護ってくれる」

しかしそのロウの説得にも、ユノは折れる気がないらしい。

ロウは「こんな話、ほかの獣人たちにはぜったい聞かせられないぞ」とぼやく。

「強い子孫を残すのは、ファミリアの宿願だ。ユノほどのハイブリッド獣人の血を絶えさせるなんて、誰《だれ》も納得《なっとく》しない。……とりあえず聞かなかったことにする」

ユノは険しい顔つきでソファーにもたれかかったまま沈黙している。

あんなふうにロウに言われても、ユノは考えを変えないつもりだろうか。それとも迷い始めたのだろうか。

——僕は便宜上のつがいにしかなれない。

人間だって異性とでも同性とでも恋愛《れんあい》する。それを他人にとやかく責められる道理はない。でも生物としての構造までは変えられない。湊斗は子どもを産めない。

——子どもってなると、どうしても第三者の協力が必要になる……。協力する獣人のメスっているの？

獣人たちが棲むこの異世界でも、夢みたいな奇跡《きせき》は起きない。自分は子を産めないオスだと嘆《なげ》く気持ちにはならないけれど、ユノがボスとしての使命を果たすべく自分以外の誰かにふれて、もしかするとその人のことも愛し護ろうとするのだろうかと考えると、湊斗は暗澹《あんたん》たる気持ちになる。

「俺は考えを変えるつもりはない」

長い沈黙のあとユノはきっぱりと言い放ち、おもむろにソファーの脇《わき》に置かれたキャンドルスタンドの脚《あし》を摑《つか》んで引き寄せたので、何をするんだろう、と湊斗はそれを目で追った。

ユノが摑んだ手にぐっと力を込めると、鉄製の太いスタンドがまるで高炉《こうろ》にでも投げ込まれたように真っ赤になり、一瞬でぐにゃりと曲がる。そこが熱源となって火が出るのではと行方《ゆくえ》を見守ったが、今度はユノの手に熱が吸い込まれるようにしてスタンドが冷やされるのをロウと湊斗は続けざまに目撃《もくげき》した。

飴《あめ》細工みたいに変形してしまったキャンドルスタンドが、ラグの上にごとんと落ちる。ユノは無言で自分の手のひらに残っていた煤《すす》を軽く叩《たた》いて払《はら》った。火傷《やけど》などはしていないようだ。

相当なことをしたはずなのに終始静かな表情のユノを、ロウと湊斗は唖然と見遣った。

「ユノ……力が増した……？　それに、熱魔《ま》法《ほう》を以前より巧《たく》みに操《あやつ》ってる。今のって、温度を上げるだけじゃなく下げたんだよな。え、まさか凍《こお》らせることもできちゃうとか？」

『熱を操る』というと温度を上げることばかり考えるものだが。ユノは「そこまでは……」と凍結《とうけつ》魔法については否定したが、より力が増幅《ぞうふく》すれば可能なのかもしれない。

「ただ、熱魔法でこれまでより強い熱源をつくれるようになった。熱と火はどのファミリアにとっても貴重なエネルギーだ。交易のカードに使える。衰退《すいたい》や諍《いさか》いの絶えないファミリアには誰も近寄りたがらないが、強いファミリアには強い者が集まってくる。このファミリアの将来を担えるような獣人だって、見つかるかもしれない」

「……つまり、ユノ自身は子どもを持つことなく、後継者《こうけいしゃ》になり得る強い獣人をいずれ見つけるつもりって話なのかな？」

ロウが問うと、ユノは「そうだ」とうなずいた。

「いや……うん、言いたいことは分かるよ……。でもそんなにうまくいくかなっていう疑問は拭《ぬぐ》えない。ユノの特殊《とくしゅ》能力が驚《おどろ》くほど強くなってるのは、ありがたい以外にないけどね」

ふたりの会話を聞いていた湊斗はその内容をかみ砕《くだ》いて理解し、ぎょっとした。

──うわぁ……「湊斗とえっちしてます」って言ってるようなものでは……！

身の置き所がなくもぞもぞしていると、ロウがこちらを向いてにこりとする。

「気のせいかと思ったけど、湊斗からちょっとユノのにおいがしてた」

「においっ？　あ、あの、ハーブっぽいやつならユノがいつも使ってるアロマじゃ……」

するとロウは「人間が嗅《か》ぎ分けられるような、そういうにおいじゃなくて」と笑っている。

「僕には嗅ぎ分けられないような、におい……」

つまりそれは体内に残されたユノの精液のことだろうか。

かあっと耳が赤くなる。

──きのうはじめてしたばっかりで、まだにおいが薄《うす》いってことは、何回もしてると濃《こ》くなるってこと？　それでファミリアの獣人たちは「うちは安泰《あんたい》だ～」って喜ぶわけ？

ロウの言い方にしてもからかっているわけではないし、掃除《そうじ》をしてくれるヒツジ獣人もしかり。ここは、まったく悪気なく、こんなふうに性生活が筒抜《つつぬ》けになる世界なのだ。

「あ……ってことは、湊斗の治癒《ちゆ》力もアップしてる？」

訊《き》いてくるロウはあまりにも真剣《しんけん》だ。いつまでも恥《は》ずかしがっていてもしかたないと、湊斗は腹を括《くく》った。

「それはまだ確認《かくにん》のしようがなくて」

治癒力が増したかどうかは確認したいが、無闇《むやみ》に「病気の人はいませんか」と訊《たず》ねて歩くなんてさすがにできない。

「ユノの母君を診《み》てもらうわけにはいかないのか」

ロウの提案に、ユノが表情を変える。

「母上は……甘蜜《みつ》でも太刀《たち》打ちできない病だ。それ以前に、痛みを和《やわ》らげる薬草すら口にしないと聞いている。最期《さいご》くらいは自然《しぜん》の摂理《せつり》の中で命が尽《つ》きるのを静かに待ちたいと」

ユノの口からより詳《くわ》しく母親の状況《じょうきょう》が語られ、病気のつらさを知る湊斗も苦しい気持ちになった。


ロウが帰り、部屋にランタンやキャンドルの明かりが灯《とも》るころ、ふたりで夕飯を食べた。

「さっきは……雑種強勢の法則を保つために湊斗を利用しようというような話でいやな思いをさせたな。悪かった」

ユノが謝ってくれたので、湊斗は「ううん」と首を振《ふ》る。ユノ自身はその意見に同調するつもりがないようなので、湊斗としては安心しただけだ。

「ロウは、隠《かく》していたところでいつかは湊斗にさっきの話が伝わると分かっているから損な役回りを。ロウのこともきらわないでやってほしい」

「うん、分かるよ」

ファミリアの獣人たちが護《まも》ろうとしているのは、私利私欲のためじゃなくて、永く続く平和な生活のためだ。それにここは人間社会じゃなくて獣人たちが暮らす異世界で、彼らのボスに対する信頼と期待、子孫繁栄《はんえい》の考え方も理解できる。だからといって湊斗としても「了解《りょうかい》！」と気易《きやす》くは納得できないだけで。

ユノはファミリアのボスで、それは切り離《はな》しては考えられない事実だ。彼が護っていかなければならないのは湊斗だけではない。

人間の力を利用してでも強い子孫を残さねばならない。それはロウだけの宿願ではなく、ファミリアの総意だ。ロウはユノにだけ肩入《かたい》れすることはなく、フラットで忌憚《きたん》ない意見を交《か》わせる相談役なのだろう。

「俺は……平和に暮らしたいと思ってる、湊斗と一緒《いっしょ》に」

ユノが話していたような理想的な後継者が見つかればいいけれど、湊斗はそれを期待する以外にないのが少しつらい。

「うん。ありがとう」

今はユノの言葉を信じて、彼についていくだけだ。

異世界には時計も電話もパソコンもない。時間の流れをはかるものがなく、ユノとの散歩中に聞いた話では、他《ほか》のファミリアとの通信手段は使役《しえき》鳥を飛ばすか、馬で走るか、はたまた徒歩とのことだった。一日が始まって終わるのも早い気がするけれど、確認のしようがない。

湊斗は湯を浴びながら、今日あったいろいろなこと、芽生えた想《おも》いを反芻《はんすう》する。

——僕はユノに、関《かか》わりたい。

自分にしか関われないかたちで、何かできることがあるのなら。

湊斗が部屋に戻《もど》ると、ユノはソファーでゆったりと寛《くつろ》いで本を読んでいた。

「ユノ、隣《となり》に座っていい？」

声をかけると、ユノは湊斗がソファーに並んで座れるように場所を空けてくれた。ユノの横に座り、今日貰《もら》ったクッキー缶《かん》と、淹《い》れたばかりのふたり分の紅茶をテーブルに置く。

「今日はいろいろ連れてってくれてありがとう。ユノとふたりですごすの、楽しかった」

ユノにじっと横顔を見つめられているのが分かり、なんだかてれくさい。

「夕食がたりなかったのか？」

「ううん。お菓子《かし》は別腹ってやつ」

湊斗はクッキーをつまんで食べた。さくさくもぐもぐ、咀嚼《そしゃく》の音だけが部屋に響《ひび》く。そういえば獣人界《じゅうじんかい》にはテレビも音楽プレーヤーもゲーム機もないから、いつも静かだ。

「何か話したいことがあるんじゃないのか」

ずばり問われて隣のユノを窺《うかが》う。彼の表情はいつもフラットだけど、受け入れてくれる雰囲《ふんい》気《き》がある。とはいえ、湊斗が訊きたいのはユノの家族についてだ。立ち入りすぎかなとか、ユノが気分を害さないかなとか、どうしても考えてしまう。でも話さなければずっと気になる。

湊斗はひとつ息をついて、決心した。

「え……っと……そうだね。今日の、ユノのお母さんの話が気になってて……。薬を飲まないそうだけど……僕が獣人界に転生してきてユノのつがいになったことを知ったら、考えが変わったりしないかなって。

自分にできることがあるなら、甘蜜を、試《ため》しに飲んでみようって思ってくれないかな……って」

「自然の摂理の中で命が尽きるのを静かに待ちたい――そういうふうにユノのお母さんが思う気持ちも分かるんだよ……」

可能な限りの治療《ちりょう》を施《ほどこ》すことを希望する家族、救おうとする医療従事者たちはみんな、湊斗を一分一秒でも生かそうと尽力《じんりょく》してくれた。だから完治する保証はなくても痛みに耐《た》えて、それに応《こた》えたいという気持ちも本物だったが。

「神様が決めた命の長さなのか、身体《からだ》に備わった生命力が最初から決まってるのかは分かんないけど、僕は……抗《あらが》わず死を受け入れて、逆らわずに自然に生きようって決めるほうが、死ぬのは怖《こわ》くない気もしてた」

もしもを考えることはよくあったが、自分という人間はひとりしか存在しないのだし、比べようのないたられればにきっと正解はない。

湊斗の昔の話を、ユノは静かに聞いている。

「僕の治癒力で、どれほどの病竈《びょうそう》を取り除《のぞ》けるか分からない。僕は神様じゃないから、万能《ばんのう》なんかじゃないよね。でもひどい痛みを、和らげることはできると思うんだ。僕は……痛みだけでも取ってあげたい。その痛みが分かるから」

湊斗の言葉にユノは沈黙《ちんもく》したまま、ただ優《やさ》しく、なぐさめるように髪《かみ》を梳《す》いてくれた。多くを語らないけれど、ユノは湊斗のすべてを受けとめてくれている――そんな気がする。

でもそのユノのどこか苦しげな表情の意味を知りたい。

「僕の治癒力が上がったら、お母さんを治癒してほしいと言わないんだね」

いくら母親が薬を飲むのを拒否《きょひ》していても。ファミリアのボスだからこそあえて他者を優先するつもりなのかもしれないが、ユノの足をとめさせる何かがあるような気がしたのだ。

反応を待っていると、ユノが小さく息をつく。

「最期くらいは自然の摂理の中で命が尽きるのを静かに待ちたい――母のあの言葉に、俺は胸を抉《えぐ》られる。だから母のもとにもうずいぶん帰っていない」

せつなげに告白するユノに、湊斗はさらに身を寄せた。

「ユノが傷つかなくてもいいはずなのに……どうして？」

踏《ふ》み込んだ問いを投げかけると、ユノは少しためらうそぶりをみせる。

待つつもりで見つめていると、やがてユノが目を合わせたままひとつうなずき口を開いた。

「オオカミと犬の血が流れるウルフドッグ獣人の母と、ライオン獣人の父を持つ、俺のようなハイブリッド獣人は異端《いたん》なんだ。ここのみんなは『ハイブリッド獣人は最強だ』と言ってくれるが、故郷に多数いる純血の獣人たちはそうは思っていない」

ハイブリッドであることが讃《たた》えられる世界だと湊斗は解釈《かいしゃく》していたが、少しちがうらしい。

「若かりし頃《ころ》の母は周りの獣人たちから『オオカミと犬の穢《けが》れ者』と陰口《かげぐち》を叩《たた》かれるなどしていて……でも理解ある父とつがいになってからは……幸せに暮らせるはずだった」

「ライオン獣人とウルフドッグ獣人のつがいだから異種交雑になるんだもんね。ユノのお父さんは交雑種であるお母さんのことを最初から理解して認めてたってことだよね」

「でも親類をはじめとする父の周囲にいる者が、いつまでもそれを認めなかった。父方は生粋《きっすい》のライオン獣人だ。彼らは純血であることを誇《ほこ》り、今でも交雑を忌《い》み嫌《きら》っている。俺も子どもの頃『気持ちが悪い』とそいつらによく疎《うと》まれた。ちなみに森の獣たちは、人と獣が交わることで生まれた獣人のことも同じ意味で忌み嫌っている」

多様性という概念《がいねん》がなく、異端が得体の知れない恐《おそ》ろしいものに感じるのだろう。

「周囲から『ウルフドッグの母との間に生まれた俺を次のボスとは認められない』と反対された父は、結果的にファミリア全体の安定と存続のために新しくライオン獣人のメスを迎《むか》え入れたんだ。母と俺の身の安全のためにもそうするしかなかったのだと思う」

ユノの父親はファミリアのボスだからこそ、自分の幸せだけを考えるわけにはいかず、暗黙《あんもく》に課せられる責任があったのだ。

「自然《しぜん》の摂理《せつり》に逆らい禁忌《きんき》を犯《おか》し異種交配することで、ハイブリッド獣人は他にはない雑種強勢の強さを手に入れる。それも純血の獣人たちからすると脅威《きょうい》だったのだろう」

「強いからって誰《だれ》かを傷つけたりしないのに……そんなふうに決めつけて恐れるなんてひどい」

交雑種が新たに子を産み落とせば、その強大な力を悪用するような者も出てくるかも——そんな火種を内包している不気味な存在として扱《あつか》われる。ファミリアの安寧《あんねい》を願いながら、ユノの母親は針の筵《むしろ》のようなところで生きてきたのだろう。

「……それでユノは古巣のファミリアを出て、自分のファミリアをつくったんだね？　だからこの村はとくに多種多様な獣人たちでにぎやかなんだ」

ユノは「ロウも俺についてきてくれたひとりだ」とおだやかにうなずいたあと、古地図を見《み》遣《や》り、故郷を想っているのかその横顔がせつなげに映る。

ユノはさっき「最期《さいご》くらいは自然の摂理の中で命が尽《つ》きるのを静かに待ちたい――母のあの言葉に、俺は胸を抉られる。だから母のもとにもうずいぶん帰っていない」と話していたのだ。ユノの両親と故郷の話を聞いたあとでは、その言葉の意味が少しちがって感じられた。

湊斗は「ただ自然に身を任せ最期を迎えたい」と願う言葉だと解釈していたが。

「母は『最期くらいは』と言ったんだ。自然の摂理に逆らった交雑種として生まれ、産んだ子どもも外に出すしか生かす方法がない……そんな人生の最期くらい自然に身を任せたいと。交雑の証《あかし》である俺は、彼女が望む『最期』の邪魔《じゃま》になりたくない」

ユノが帰らないのにはそういう想いがあったから――湊斗はユノの手に両手を重ねて、ちがう、と首を振《ふ》った。死に対する彼女のそういう思いと、ユノへの想いは別のはずだ。でも、湊斗はユノの母親をまったく知らないし、勝手に代弁するわけにはいかない。

「…………」

何か言ってあげたいのに、言葉にならない。まだあまりにもユノのことを知らなすぎて、どういう言葉にして伝えればいいのか分からないのだ。

口を開いては閉じるだけの湊斗の顔をユノはじっと見つめて、なぜか「おまえの気持ちは分かっているよ」とでもいうように黙《だま》ってうなずいてくれた。

ユノの気持ちが、自分の想《おも》いが、目と目で伝わる。つないだ手にも伝えたくて、湊斗はそこにもぎゅっと力をこめた。

母親は我が子を助けたくてユノをファミリアから送り出したはずだ。ユノの想いは邪魔なんかじゃない。ユノだって、自分の母親にまだできることがあるなら、してあげたいはずだ。それが彼の言葉から湊斗には伝わった。

ユノとは出会ったばかりにちがいないけど、まちがってない、と湊斗は自分を奮い立たせた。

「一度、ユノのお母さんとお会いできないかな」

突然《とつぜん》の湊斗の申し出にユノは少し目を大きくして、「……湊斗の気持ちはうれしいが」とため息を漏《も》らした。

「会っても……湊斗の気持ちを無下にするかもしれない。こうすると決めてしまっていて、こちらの言うことをなかなか聞こうとしないんだ」

それでも、離《はな》れていても、ユノは何度か薬草を飲むことを勧《すす》めたということだろう。

「僕のことは気にしなくていいよ。急に来た息子《むすこ》のつがいに『甘蜜《みつ》飲んで』なんて言われたら、それこそいやな気持ちにさせちゃわないかなって、そっちのほうが気になるくらいで……」

湊斗の懸念《けねん》に、ユノが「俺が傍《そば》にいる」と少し笑った。そのユノの言葉で充分《じゅうぶん》だ。

「ユノの古巣……実家っていうのかな。ユノのお母さんがいるのは、あの地図でいうとどの辺りなの？」

問いかけに対し、ユノは古地図の下のほうを指した。

「本島の南に、湾《わん》がふたつあるだろう。あの右側の辺りだ。そこから南東に広がる半島にはまた別のファミリアの村がある」

「獣たちが棲《す》む森を抜《ぬ》けたところだね。この村にわりかし近い。行けない距離《きょり》じゃない」

本島の端《はし》から端とか離島《りとう》だったら挫《くじ》けそうだけど、地図で見る限りは無茶な話をしているとは思えないのだ。

世間知らずの湊斗に、ユノは少し困っている。

「俺がひとりで越《こ》えるならまだしも、湊斗が広大な森を抜けるのは危険だ。半島側に迂回《うかい》すれば道はあるが、悪路もあって馬でも一日で着かないかもな。そもそも馬に乗れるのか」

「う、う、馬は好き！　だから練習する！」

「素人《しろうと》が。尻《しり》の皮がべろりと剝《む》けるぞ。やめておけ」

「えっ、剝けるの？」

それはとても痛そうだ。しかも湊斗は自分自身を治癒《ちゆ》することができないときている。

しかしすぐに「あっ」と閃《ひらめ》いた。

「ユノに舐《な》めてもらって、治してもらいながら進めば」

そう言ってしまったあと、その絵面《えづら》を想像する。自分の発言ながら湊斗が噴《ふ》き出すと、ユノも肩《かた》を揺《ゆ》らして笑った。

「僕はユノになんてことを……。おしりを治してもらいながらって……現実的じゃないね」

「まぁ……みんな当たり前のように乗馬ができるから必要なかったが、子どもたちが乗って遊んでいる荷馬車がどこかにあるかもしれない」

「子ども用の荷馬車……？」

「獣人《じゅうじん》の子ども用だから、サイズ的に問題ないはずだ」

サイズ的にとは。要《い》らぬひと言ではないだろうか。

「人間界でも僕は身長が低くてひょろっとしてたし、子どもの頃から『ちび』ってからかわれたりもしたけどっ」

ユノの二の腕《うで》にぺちんとツッコミを入れると、反射的にそれを摑《つか》まれてしまった。

「怒《おこ》るな。ケガをさせたくないんだ。傷ひとつだってつけたくない」

ユノは本気で湊斗を荷馬車で運ぼうと考えたらしい。

「悪路の山道を荷馬車で行くなんて無理でしょ。それにみんな乗れるんだったら、僕も乗馬の練習する。おしりがズル剝けにならないように対策して、練習もたくさんして行く」

乗馬体験が観光事業として行われているくらいだ。無謀《むぼう》なことを言ってはいない。

湊斗の決意に、ユノが「それなら、俺が教えてやる」と引き受けてくれた。

話が終わったのにユノが手を放してくれず、湊斗は愛想《あいそ》笑いでどうしたのかと問いかける。

「……まだにおいが薄《うす》い。これじゃ、たりない」

言われる意味が分からずに「え？」と返すと、ユノに引き寄せられた。そのまま彼の胸に閉じ込めるようにして抱《だ》きしめられる。

「湊斗の中に残る俺のにおいが薄いことは他の者にも分かってしまう」

オスとしての顕示欲《けんじよく》だろうか——それはあって当然かもしれないが。

湊斗が大好きなユノのにおいに包まれるとほっとして、身体《からだ》の力が抜けていく。

抱《だ》かれた胸に頬《ほお》を寄せてうっとりした気分でいると、顔を覗《のぞ》き込むようにしてユノにくちづけられた。

「……ん……」

くちびるをしゃぶられてほどけた隙間《すきま》に舌を挿《さ》し込まれる。湊斗はそれを受け入れて、自らも舌を絡《から》めて吸った。

「……奥に、においをつけてやる」

高慢《こうまん》な言い方なのに優《やさ》しさを感じる。

——顕示欲もあるだろうけど、つがいのマーキング効果で僕を外敵から護《まも》りたいって思ってくれてるって……分かる。

だから、湊斗はユノの背中に両手を回して、自分もそれを望んでいるのだと伝えた。


翌日からさっそく湊斗の乗馬訓練が開始された。一週間ほどかけて練習するスケジュールだ。

柵《さく》の中を常歩で周るのとはちがい、悪路の山道を想定し、ある程度は障害物を越えたり、馬の動きをコントロールできるようになっておかないといけない。

ユノが他《ほか》のファミリアとの交易や交渉《こうしょう》の席に出て忙《いそが》しいときは、ロウが代わりに教えてくれた。

三日目には、いちばん遅《おそ》い常歩から速歩、駈歩《あけあし》までできるようになり、四日目には充分に馬をコントロールして乗りこなせるようになった。ユノに脅《おど》されたような「尻の皮が剝ける」ということもない。

乗馬の練習の傍《かたわ》ら、湊斗は村の獣人のケガを治してあげたり、腹が痛いと泣く子どもを癒《い》してあげたりなどして、とても忙しく充実《じゅうじつ》した一週間だったと思う。

そんな一週間目の夜、「そろそろ出発する計画を立てるか」とユノに問われ、湊斗は「もちろん！」と朗《ほが》らかに答えた。

「ミーレにショートブレッドや腹持ちのするものを用意しておいてくれと頼《たの》まないとな」

村の外へ馬で出るのははじめてだ。遠足が決まったような、わくわくもある。

「そういえば『乗馬センスあるね』って、ミーレさんにも褒《ほ》められた」

するとユノに一瞬緊張《いっしゅんきんちょう》が走ったように見えた。

「……いつ会ったんだ？」

「え……きのう……お昼に。ユノが交易の会合に出掛《でか》けてすぐ。クッキー缶《かん》を返しに、馬に乗って行って。ミーレさん、またそのクッキー缶にお菓子《かし》を詰《つ》めて持たせようとするからさ。迷ったあげくに太ると馬がかわいそうだから今日はやめとくって言ったら笑うんだよあの人」

ユノからは「ふぅん……」という、明らかにつまらなそうな返答だ。たしかにおもしろい話ではないし、ただの報告だけど。

湊斗が傍に寄って行って、下から顔を覗き込むと、ユノはむうっとくちびるを歪《ゆが》ませる。それからふいと顔を背《そむ》けられ、湊斗はそれを追いかけてもう一度覗き込み、「どうしたの？」と問いかけた。湊斗に追い詰められてユノはしぶしぶといった顔で口を開く。

「……最初から仲がいいよな、ミーレと。……何か、俺に内緒《ないしょ》で話してたし」

湊斗は目を瞬《しばた》かせた。

これはもしかして嫉妬《しっと》だろうか。ぜんぜん心配ご無用なのだが。それとも、湊斗の身の危険を案じてくれているのだろうか。しかしそれだとミーレにだいぶ失礼だが、森で遭遇《そうぐう》したヒグマみたいに不可抗力《ふかこうりょく》な何かが原因で忘我する危険が皆無《かいむ》とはいえない。

「……ユノとえっちしてるからだいじょうぶ」

「そういうことじゃない。それに乗馬の練習中はしてないだろ。練習初日につらそうだったし」

それは前日の夜の戯《たわむ》れがすぎたせいだ。

乗馬の練習を始めてからは、まったくしていないわけじゃなくて、さわりあったりはしている。はじめてユノと交尾《こうび》して以降、どうしようもなく内側からどくどくと疼《うず》く感覚があり、それを指で慰《なぐさ》めてもらっているのだ。この一週間続いた寸止め感が湊斗はそろそろフラストレーションになっているのだが、そんなことはまだ一度もユノに伝えていなかった。

「……湊斗は……ああいう、大きいやつが好みだろう」

「えっ？」

あまりにも想定外の返しを食《く》らって瞠目《どうもく》する。

「僕が僕の意思で浮気《うわき》するかもって疑ってんの？　ええっ、あり得ないんだけど」

心外とばかりに、両手を腰《こし》に当ててちょっと怒った顔をしてみせる。するとユノは少し怯《ひる》んだ様子で「そういうわけじゃ」「そこまでは言ってない」と小さな声で反論してくるが、ぜんぜん勢いがない。彼は巨大《きょだい》なヒグマをだまし討《う》ちした男なのだが。

「僕、獣人界に来てまだ日が浅い新参者だけど、ユノのつがいとしての自覚はわりとあると思う。ここで僕は僕の足で立って、生きてくんだって覚悟《かくご》もできてるし」

ここが天国だって、どこだっていい。自分の意思で歩いて、食べて、言葉で伝えることが可能な世界。人間界で生きていた頃《ころ》にはできなかったことが叶《かな》えられる世界に来て、何ひとつ、ぐずぐずなんてしていられないのだ。やりたいことがたくさんある。

湊斗の言葉に最初驚《おどろ》いたような目をしていたユノがやがて「つまらないことを言った。悪かった」と謝ってくれたので、湊斗はほほえみ返した。

「この一週間、僕の身体を気遣《きづか》ってくれてありがと。でももうだいじょうぶ」

湊斗のほうからユノに抱きついて、彼の背中に手を回す。

「村を出ると、いろんな獣や獣人がいるかもしれないし、危険なんだよね？」

「……そうだな。森の一部を横切らないと行けない箇所《かしょ》もある」

まるで大切なものを扱《あつか》うように、ユノに優しく髪《かみ》をなでられた。「傷ひとつだってつけたくない」と言ってくれた彼を後悔《こうかい》させたくないから、ユノの母親の痛みを早く少しでもラクにしてあげたいから、一週間必死で乗馬をがんばったのだ。『つがいだから』じゃない。

ユノの胸に顔を埋《うず》めて、彼のにおいをいっぱいにかぐ。

「ユノ……今日は指じゃないのがいい。香木《こうぼく》も……いらない。あれを炷《た》くと、最初のほうだけあんまり意識がはっきりしてないのがやだ……」

香木は緊張《きんちょう》した身体をゆったりと弛緩《しかん》させ、精神的にもリラックスさせる効果や最初の恐怖《きょうふ》を薄れさせるためのものだろうけど、もうそういうものでごまかされなくてもいい。それより、ユノがどういうふうに自分を抱くのか、ひとつも逃《のが》すことなくぜんぶ知りたい。

「恥《は》ずかしいと、半泣きでいやがるのに？」

先日はじめて口でペニスを舐《な》められ、舌で後孔《こうこう》を犯《おか》されたとき、いやで泣いたわけじゃないけれど、びっくりしたのと制御《せいぎょ》できない興奮で涙《なみだ》が出てしまったのだ。

いやがるといっても、本気でいやなわけじゃないし、それをユノだって分かっているはずなのに。いじわるで、本当はすごくいやらしいユノの胸をこぶしでぽくっと叩《たた》く。

「恥ずかしくされてもいいから」

スイッチが入ったみたいに、湊斗は身体が熱くほてりだすのを感じた。でも自分だけじゃない。くっついた下肢《かし》がどちらもびくびくと震《ふる》えているのが伝わる。

「それに……僕がユノのつがいだって分かるように、ユノのにおいをたくさんつけておかないと」

明るく誘《さそ》う湊斗の耳元で、ユノがふふっと笑った。

6. ユノの生まれ故郷

ユノの故郷、ライオン獣人《じゅうじん》である父がファミリアのボスとして今も君臨する村まで、ロウも同行することになった。前衛にユノ、後衛にロウ、ふたりに挟《はさ》まれ護られるかたちで湊斗を乗せた馬が進む。

湊斗を乗せてくれているのは乗馬用としては珍《めずら》しい牝馬《ひんば》だ。初心者向きの牡馬《ぼば》やセン馬を勧《すす》められ試乗する中、甘いミルクティーのような毛色の牝馬・メルと目が合った。

メルは乗馬の最中は我慢強《がまんづよ》く、学習能力が高くてまじめな性格だが、湊斗が鞍《くら》から下りるとちょっとわがままになる。でもそこを理解してやると、なんだかとてもかわいくて、湊斗は彼女に「僕を乗せて」とお願いしたのだ。

練習の段階から長時間の乗馬に向いた鞍を選び、擦《す》れやすい膝《ひざ》や股《また》の部分を保護したズボンを身に着けた。万が一のときのため、ダガーナイフやホイッスルなどもウエストのベルトにつけている。乗馬の練習と併《あわ》せて、ナイフの使い方も習った。

ユノとロウのふたりだけなら、全速力の襲歩《しゅうほ》で疾走《しっそう》だってできるのだろうけど、湊斗はまだそこまでの乗馬技術がない。馬での移動に慣れていない湊斗のペースに合わせるため、たびたび休憩《きゅうけい》を取りつつになる。

背の高い木が鬱蒼《うっそう》と茂《しげ》る森の端《はし》の歩道を、三人でひたすら進んだ。濃《こ》い緑色が重なり合う木々の隙間《すきま》から光射《さ》す様は神々《こうごう》しい。長距離《ちょうきょり》の移動だが、やはり森の空気は澄《す》んでいて気持ちよく、湊斗は途中《とちゅう》のスイーツタイムもメルの世話も楽しんだ。

危険な森をできるだけ避《さ》けるために、予定どおり半島側へ迂回《うかい》する。石がごろごろしている道や、ぬかるみの悪路もある中、メルも根気強く歩を進めてくれた。

やがて陽暮《ひぐ》れが近付くと景色が一変した。すぐ傍《そば》の森は黒々としたブラックホールのようだし、風にざわめく木々の葉音は獣たちの唸《うな》り声を掻《か》き消してしまう気がして、怖《こわ》くて仕方ない。

「湊斗、口数が減ったな。疲《つか》れたか」

少しうしろを振り向き、ユノがそう声をかけてくれる。

「こんな森の近くを昼間でも歩いたことないし、怖くて」

背後からもロウが「湊斗の前にはユノがいる」と湊斗を励《はげ》ました。

「ユノ、このまままとまらずに進むか?」

「あ、僕はだいじょうぶだよ。ちょっと怖いだけで」

ふたりからの問いかけに、ユノが話し合いと休憩のために馬をとめる。

結局、途中で野宿をするよりこのまま進んだ方がいい、ということになり、不可避《ふかひ》の森を横切って、三人は深夜になんとか目的地の村に到着《とうちゃく》した。

——ユノの実家、大邸宅《だいていたく》っ……!

暗闇《くらやみ》の中、炬《たいまつ》の明かりで浮《う》かび上がるチューダー様式の赤レンガ造りの豪邸《ごうてい》は、「イギリス王室が持つ宮殿《きゅうでん》のひとつです」と紹介《しょうかい》されれば納得《なっとく》しそうだ。

本島最大のファミリアとユノが話していたとおり、村の入り口からユノの実家に着くまでの間にも、獣人たちの家が歩道の左右いっぱいに立ち並んでいた。このファミリアはライオン獣人が多く、他《ほか》に複数の種類の獣人たちが暮らしているらしい。

出迎《でむか》えてくれたメイドに中を案内される間も驚くことばかり。三階建ての建物三棟《むね》が庭園を囲むかたちで立ち、ライオンモチーフのステンドグラスが目を惹《ひ》くエントランス、そこから続く大ホール、大会議室、小会議室、図書室まである。ここはユノの実家でありつつ、この村の中枢《ちゅうすう》なのだろう。

建物二階の窓から庭園を見下ろすと、ローズガーデンや温室も造られ、花々が見事に手入れされているのが分かる。

到着してまず、玉座に腰掛《こしか》けたライオン獣人のボスであるユノの父親に挨拶《あいさつ》をした。人間の血が濃いハイパーセントの獣人だ。整った顔立ち、長身で逞《たくま》しい体軀《たいく》からも、紛《まぎ》れもなくユノの父親であることが感じられる。

「召喚《しょうかん》した人間とユノがつがいになったという噂《うわさ》をきいて、親類たちもみなよろこんでいた」

「……お父様もお元気そうで何よりです」

ユノは父親に対して終始敬語で、定型文のような挨拶だ。ファミリアのボスである父親に対する敬いとは少しちがう、張り詰《つ》めた空気を感じる。そのよそよそしさは気になったが、ユノから両親にまつわる複雑な事情を聞いているし、ユノがすべて理解していても心のどこかにわだかまりが残るのは仕方ないと湊斗は思った。

「ゆっくりしていくといい。転生して日も浅いのに、慣れない移動で疲れただろう」

直接言葉をかけられ、湊斗も「お心遣《こころづか》いありがとうございます」と頭を下げた。

ユノの父親がかけてくれる声や表情は優《やさ》しい雰囲気《ふんいき》だが、獣が持つ独特の威圧感《いあつかん》もあり、離《はな》れた位置に立っていても湊斗は緊張してしまう。

ユノの母親以外の、つがいとなるメスのライオン獣人が両脇《りょうわき》にふたりいて、これがハーレムってやつか、と湊斗は自分にはない価値観を目の当《ま》たりにしながら挨拶を終えた。

ここへ到着するまでの道すがらに、ボスであるユノの父親は、母親以外に三人のメスをつがいとして迎《むか》え入れたという話をきいた。ひとり目が女児を立て続けに産んだため、そのあとメスのつがいをふたりいっぺんに迎えて現在のハーレムとなったそうだ。

やがてボス候補となる男児も生まれ、一見うまくいっているようだが、ユノは「メス同士、子どもたち同士、いろいろとあって難しそうだ。俺はもう関係ないが」と話していた。

使役《しえき》鳥がユノたちの到着を予告してくれていたため、湯や夜食、すぐに就寝《しゅうしん》できるように、メイドたちが諸々《もろもろ》の準備を整えてくれていたようだ。

「何かお困りのことがございましたら、私どもにお申しつけください」

ふたりのうさぎ獣人のメイドがユノにばかり注目しているのが分かる。ふたりが会釈《えしゃく》して去る姿を、湊斗はなんとなく目で追ってしまった。ひとりのメイドがこちらを振り返る。まるで往来であこがれのアイドルとすれちがった若い女の子みたいな反応だ。それをもうひとりのメイドが窘《たしな》めている様子が見てとれた。

――ユノ……まぁ、この容姿だし、そりゃあモテるよね。

麗《うるわ》しい王子が村から独り立ちしてしまい、残念に思っている獣人たちもたくさんいるだろう。

ロウは今回この村までの往復の道のりを手助けするという役割で同行しているので、挨拶の間も控《ひか》え室で待っていてくれていた。

「今日はもう遅《おそ》いから、母に会うのは明朝に」

「じゃあ、俺はユノと湊斗が面会している間も、適当に過ごして待ってるよ」

ユノと湊斗はふたりでひとつの客室に、ロウには向かいの一室を用意されていたので、廊下《ろうか》で別れた。

部屋に入った途端《とたん》、ユノに腕《うで》を摑《つか》まれる。

「湊斗、湯を浴びる前に見せてみろ」

「え?」

どこを、と問う間もなく、ユノに引き寄せられ、チュニックをたくし上げられた。さらに下衣を下ろそうとする。

「ちょ、ちょちょっ、何っ?　待って待って」

「太もものつけ根の辺りが痛いんだろ。鞍に当たったって」

抵抗《ていこう》する湊斗を軽々と持ち上げ、ベッドの端にうつぶせで足を床《ゆか》に下ろすかたちで寝《ね》かされた。手早く臀部《でんぶ》を剝《む》きだしにされたので、きゃーという悲鳴を上げそうになる。

「この歳《とし》になっておしりぺんぺんポーズなんてあり得るっ？」

「すり剝いて赤くなってる。じっとしていろ」

もう何をされるのか分かって、湊斗は両手でこぶしを握《にぎ》って奥歯を嚙《か》んだ。出発する前に冗談《じょうだん》で言った「ユノに舐《な》めて治してもらう」をとても恥《は》ずかしい格好で実行されてしまう。

「まだ湯を浴びてないのにぃぃぃ……うぅ……」

早朝から深夜まで一日中、馬に乗っていたのだ。申し訳なさと羞恥心《しゅうちしん》、加えて舐められるときの痛みで、湊斗は悶《もだ》えて呻《うめ》いた。

「動くな。傷に直接湯が当たるともっと痛いだろう」

そのお気遣《きづか》いはありがたいが。ユノが行っているのは治癒行為《ちゆこうい》なのに、性器に近いところを舐められているから、徐々《じょじょ》に要《い》らぬ性感まで呼び起こされる。

「もぉ……やだ」

くすん、となりながらも耐《た》えていると、ユノが「傷は治ったぞ」と、ベッドに突《つ》っ伏《ぷ》したままの湊斗に背後から寄り添《そ》った。湊斗はすぐに顔を上げられない。

「……なんだ、機嫌《きげん》を損《そこ》ねたのか」

「今度は前が治んないんだよ、もうっ」

ユノは湊斗の後頭部に顔を埋《うず》めて、ふふっと笑っている。

「慰《なぐさ》めてやるから……機嫌を直せ」

べつに機嫌なんて悪くないのだが、うしろからユノにペニスを摑まれ、ゆるくこすられるのが気持ちよくて、湊斗はたぐり寄せたリネンで自分の口を隠《かく》した。

「……っ……」

性的なふれあいだけで、自分の身体《からだ》がオスを受け入れる準備でも始めるように内側から疼《うず》きだす。それが本来は治癒目的だろうとなんだろうと関係ない。

そんな外からは見えない部分の変調に気付いているユノが、「このあとバスルームで、うしろも指で慰めてやる」と湊斗の耳に吹《ふ》き込んでくる。耳朶《みみたぶ》をしゃぶられ、耳孔《じこう》に舌を突っ込まれながら手淫《しゅいん》されるとたまらなくて、湊斗はついに弾《はず》む呼気ごと声を漏《も》らした。

「あ……ぁっ……や……、ここ、声……響《ひび》くっ……」

耳元でユノが「その程度の声なら響かない」とさらに湊斗を追い立てる。ここはユノの実家なのに、向かいの部屋にはロウだっているのにと、戒《いまし》める要素が頭をよぎった。

「交尾《こうび》をしない期間が長く続くと、その分、中の疼きが大きくなるが、きのうしたばかりだからまだ渇求というほどでもないだろう？　あぁ……でも、覚えたてだから……」

ユノの言うとおり、覚えたてマジックにかかったみたいに、欲求《よっきゅう》をうまく制御《せいぎょ》できないのだ。そうしてベッドでイかされたあと、客室に備えつけのバスルームで指では治まらずますますヒートアップし、結局交尾してしまった。

——僕が誘《さそ》ったみたいになってるけど、「挿《い》れて」って言わされたんだあれは。

思い返すのも恥ずかしい。でも、よすぎて頭がとけそうだった。

今はバスタブの中でユノにバックハグされたまま、湊斗はとろんととろける心地《ここち》で湯に浸《ひた》っている。

「……蜜《みつ》玉なしで、えっちってできるんだね」

まだ性交経験が少なく性的に成熟していないし、蜜玉があったほうが行為《こうい》そのものはスムーズだ。でも自分の身体がユノのかたちを少しずつ覚えて、慣れつつあるのは分かる。

「湊斗の中がいつもより狭《せま》くて、締《し》めつけられる感覚が鋭敏《えいびん》に伝わって……まいった」

「……気持ちよかったってこと？」

はっとして振《ふ》り返って問うと、ユノは少し困った顔で笑う。

――そっか、僕とするとユノも気持ちいいんだ……そっかぁ……気持ちいいのか。

そんなの当たり前のことかもしれないが、湊斗は自分がこれまで自身の快楽しか考えられずにいたことに気付いた。

なんだかうれしい。交わっている間、互《たが》いの身体で快楽を共有しているということが。

「……次も、蜜玉ナシでしていいよ」

「だめだ。俺は湊斗をよくしたい」

うしろからぎゅうっと抱《だ》きしめられて、首が右に折れ曲がりそうになる。

「そっか、僕が気持ちよくなんないといけないんだっけ。毒がリジェクトされちゃうもんね」

ズレた返しに気付かない湊斗は、ユノに「分かってない」とさらに抱《だ》き潰《つぶ》された。

翌朝、ユノの母親のお世話をしているメイドから体調がいいと聞いて、一階の端《はし》に位置する彼女の部屋を訪ねた。

ユノの母親は窓辺にあるベッドの背を起こし、それに深く寄りかかっている。体調がいいとはいっても、起き上がって何かできるような状態ではないらしい。

開け放たれた窓からは、小鳥のさえずりが聞こえ、庭の草木や色とりどりの花がよく見える。

挨拶《あいさつ》のあと、「こちらへ」と彼女に呼ばれ、湊斗はユノとともに傍《そば》に立った。

オオカミと犬、両方の血を受け継《つ》ぐウルフドッグ獣人《じゅうじん》。切れ長の目で見つめられると、視線で射貫《いぬ》かれそうだ。手足が長く、シルバーグレーの髪《かみ》とアイスグレーの眸《ひとみ》はユノを彷彿《ほうふつ》とさせる。独特の存在感があって、メスだけどかっこいい。

「ユノのつがいとなったあなたが、急いで何をしに来たか分かるわ」

お見通し、というように、ユノの母親は笑う。そのほほえみが柔《やわ》らかな拒絶《きょぜつ》に感じたけれど、湊斗はユノと目を合わせたあと、一歩前に進んだ。

ベッドの脇《わき》に屈《かが》み、彼女を少し見上げる。湊斗が自己紹介《しょうかい》をすると、ユノの母親からは、ユノのつがいになったお祝いや、獣人界での生活を楽しめているのかなど訊《き》かれた。

「あなた、人間界に思い残しはないの？」

湊斗があんまり清々《すがすが》しくしているから、未練はないのかと不思議に感じたのかもしれない。

「僕は人間界で生きていたとき、来る日も来る日も病院のベッドで治療《ちりょう》を受けるだけの日々で……最期《さいご》のほうは『生きてるのに死んでるみたいだなぁ』って思ってました」

「わたしはそんな思いをするのはイヤ」

「分かります。やですよね。延命の治療って誰《だれ》のためにやるんだろ。僕のためかな。それとも僕を診《み》てる先生たちの責任感のためかな、一秒でも長く息をしていてほしいって願ってくれる家族のためかな」

「どれも背負いたくない。痛みに耐えるのだけで手一杯《ていっぱい》。放《ほう》っておいてほしい」

苦笑《くしょう》しているユノの母親に、湊斗は寄り添った。

「うん、痛くて怖《こわ》くていやになるから、そういうときって心がきゅって萎《しぼ》んじゃう。弱っちくてごめん、許してってかんじ。でも、やっぱりぜんぶ、僕のためなんだと思います。ほんとは分かってる。だから、僕は最期までしあわせだった」

小枝のような指をした彼女の手に手を重ねる。命は草木が徐々にしなびて静かに枯《か》れるように消えていく。湊斗自身もそれをよく知っている。

会った瞬間《しゅんかん》に、湊斗が出す甘蜜だけでどうにかなるような病でないことは感じた。

「僕は、あなたがユノのお母さんだから、ここに来たんじゃないです」

「あら、じゃあわたしとあなたはなんなのかしら」

人間界では嫁《よめ》と姑《しゅうとめ》になるのだろうかと思ったが、どうもしっくりこない。彼女だってそうだろう。湊斗は首を傾《かし》げて少し考えた。

「遠いところで、真っ黒で不確かで怖いものと闘《たたか》ってきたキャラクター同士……とか?」

ユノの母親は「ふふふ、あなたおもしろいわね」と楽しそうに笑ってくれた。

「僕が出せる甘蜜は、僕自身でコントロールできるものじゃないから自然のものだと思うんです……っていう解釈《かいしゃく》じゃだめですか？」

最期くらいは自然《しぜん》の摂理《せつり》に反したくないと固辞している彼女は、それを聞いてまた少し笑う。

「誰のためでもない、あなたのために。僕が、痛みだけはとってあげたい」

ユノの母親は冷たい色の眸で、湊斗をあたたかく見つめていた。


往路はすごく遠く感じるけれど帰りはあっという間なのは獣人界でも同じだなぁと、ユノとふたりで暮らす家に帰ってきたとき湊斗は思った。

同行してくれたロウが別れ際《ぎわ》、何か言いたそうにしていたのが少し気になるが。

結果的に、ユノの母親は湊斗の甘蜜を飲んでくれた。気持ちの変化の理由を彼女も言わなかったし、湊斗も訊かなかった。でも心で通じるものがあった気はする。

痛みが消えると、少し食欲も湧《わ》いたようで、湊斗が村から持ってきたミーレのショートブレッドを半分だけ食べたときの「これとてもおいしいわね」と笑った顔が印象的だった。

――クッキーを焼いてあげたいと思う人が増えた。絶対にミーレに教えてもらおう。

勇気を出してユノの母親に会いに行ってよかったと心から思ったのだが、帰り際にユノの親類らしきライオン獣人の数人に呼びとめられ、その中のひとりに、世間話の中で湊斗にも聞こえるようにこう言われたのだ。

「人間のつがいとはいえ、子が産めないなら先がないだろうに」

ユノが率いるファミリアの未来を案ずるような口ぶりで、脅威《きょうい》の火種がひとつ減ることを内心でほくそ笑《え》んでいる――それが湊斗にも伝わったし、同時に「治癒力があるだけでユノの役には立たない」と貶《けな》されたような、いやな気持ちにさせられた。

ユノの話では、彼ら純血のライオン獣人の親類方が、ハイブリッド獣人を「異端《いたん》だ」と排除《はいじょ》し、ユノが父親のあとを継《つ》がないように仕向けたのだ。実家を出たユノが「子どもは持たない」と公言しているので、さぞかし胸をなでおろしていることだろう。

しかしユノもそう言われて黙《だま》っている男ではない。

ユノは親類のライオン獣人を不遜《ふそん》に見下ろした。それだけでも充分《じゅうぶん》に威圧《いあつ》的に映る。さらに指一本で男の肩《かた》を突《つ》くと、魔力《まりょく》が増した熱魔法によりそこが燻《くすぶ》り、煙《けむり》がひとすじ上がった。あのときのライオン獣人、周りにいた親類たちの慌《あわ》てぶりは滑稽《こっけい》だった。

「我らの先を憂慮《ゆうりょ》しているかのようなへたな芝居《しばい》に寒気がするな。その身を火に焼《く》べて暖を取ればいいのか」

ユノがそう冷たく言い放ってくれたから、湊斗も溜飲《りゅういん》が下がったのだ。

でもそのとき傍で終始なりゆきを見守っていたロウの表情は険しく、納得《なっとく》していない様子だった。

――『人間のつがいとはいえ、子が産めないなら先がない』……あのライオン獣人が言ったことをロウは気にしてるのかもしれない。

結局、ロウがユノに言ったことと根っこは同じ。しかし避《さ》けられない事実だ。

湊斗は子どもが産めない。カリスマ性のある有能なボスがあとを引き継がないと、ファミリア内の結束が崩《くず》れ、交易によって外のファミリアから得られる物資が減ったり、または途絶《とだ》えたりするかもしれないと心配になるのも分かる。

今のファミリアの未来のことを大切に思っているのは、ユノだけじゃないのだ。


ユノの故郷から戻《もど》り、半月ほど時間が経《た》っただろうか。時計も暦《こよみ》もなく、時間の経過がだいぶあやふやになっている。

その日はユノが留守で、湊斗はロウに乗馬の練習につきあってもらうことにした。

ユノの実家まで往復するという実地訓練でだいぶ乗馬の腕《うで》が上がったけれど、もっと技術が上達すればひとりドライブよろしく乗馬でぷらっとひとりお散歩できちゃうな、楽しいだろうな、と思うのだ。

牝馬《ひんば》のメルとは相性《あいしょう》もいいし、たくさんつきあって絆《きずな》を深めたい。

「もっと上達したいなら、普段《ふだん》から体幹を鍛《きた》えたほうがいいよ、湊斗」

ロウのアドバイスに「そっか、体幹か」と湊斗はうなずいた。馬に跨《また》がって揺《ゆ》られていればどこまででも連れて行ってくれそうなイメージだが、乗馬は立派な有酸素運動で全身運動だ。

ロウとともに村を見渡《みわた》せる小高い丘《おか》まで上がり、そこで少し休憩《きゅうけい》を取ることにした。

「ニンジンだったらいくらでも食べるんだなぁ」

メルにたくさん練習につきあってもらっているお礼に、ニンジンスティックを手から食べさせる。瑞々《みずみず》しくて甘く爽《さわ》やかな香《かお》りのニンジンに、メルは鼻を鳴らしてごきげんな様子だ。そしてそんなメルのことが湊斗はかわいくてたまらない。

「ユノは……あ、あの煉瓦《れんが》造りの建物の中にいるんだよね」

湊斗が村の左側にある建物を指さすと、ロウが「そう」とうなずいた。

ユノは今、クロヒョウ獣人との交易の会合の席に着いている。

クロヒョウ獣人のボスの隷属《れいぞく》のひとりに湊斗が襲《おそ》われかけたあの未遂《みすい》事件が原因で一度は決裂《けつれつ》し、頓挫《とんざ》していた交易交渉《こうしょう》を再開するのだ。

「湊斗が襲われたときに、ユノがブチ切れたからな。隷属の粗相《そそう》はあっちのボスの責任でもあるし。ユノの背筋が凍《こお》る系の毒舌でこっちが優位に立つように話を進めてるよ」

ロウが静かにブチ切れたときのユノの顔真似《まね》をして、湊斗を笑わせる。

「そういえば、ユノが毒舌でライオン獣人の親戚《しんせき》の人を黙らせたよね。僕は胸がすっとした」

顔真似で真っ先にそれを思い出し、そうこぼすと、ロウの顔から笑顔が消えた。

『人間のつがいとはいえ、子が産めないなら先がない』――ロウはユノの毒舌より、ライオン獣人に言われた言葉のほうがよみがえったのだろう。徐々《じょじょ》に顔をこわばらせていく。

あの言葉と根っこは同じかもしれないが、ロウはライオン獣人とは立場がちがうし、本心からこのファミリアのことを思っていると湊斗にも分かっている。

湊斗が言葉をかけるのをためらっていると、ロウが先に口を開いた。

「……ユノは、あのファミリアを出てよかったと思う。あんなところにいたって、どうせしあわせにはなれなかった」

たいして長くもない滞在《たいざい》で、湊斗にもそれは伝わった。同じ命をすり減らして生きるなら、今のファミリアのみんなのためにそうしたいとユノは思っているはずだ。

「湊斗……ユノは本気で、湊斗以外とつがう気がない。でも……後継者《こうけいしゃ》の有無《うむ》だけが問題じゃないんだ。ユノの後継者がいないっていう事実以上に、ユノがこのファミリアを、その程度にしか思っていないって、みんなが誤解してしまう恐《おそ》れがある」

ロウにそう指摘《してき》されて、湊斗もはっとした。

ファミリアより自分のつがいと認める湊斗だけをしあわせにすることを選んだ——そういうふうに見えてしまうことを、ロウは懸念《けねん》しているのだ。

「それに、このままじゃユノやユノの母親を異端だと排除したやつらの思う壺《つぼ》だろ。ユノにコケにされた親類のあの男は過激な思考を持ってる。ボスにハーレムをつくらせ、ユノの母親を暗躍《あんやく》的に疎外《そがい》した。三人いるうちのメスばかり産んだつがいをおかしくさせたのもあいつだ」

「おかしくさせた？」

湊斗の問いかけにロウはそれ以上詳《くわ》しく語ることを避けるように口を噤《つぐ》んだ。話さないように口止めされているのではなく、憚《はばか》るような内容なのだろう。そういえばユノの父親と面会し挨拶《あいさつ》したとき、つがいはふたりしかいなかった。

「……とにかく、ライオン獣人《じゅうじん》の親類はみな要注意人物だと思っていていい。逆恨《さかうら》みでねちっこい報復なんかされないように、ユノにはますます強いボスでいてもらわないと。そのためにも湊斗の存在は重要な鍵《かぎ》なんだし、村のファミリアみんなで護《まも》るよ。だから……」

ロウが言い淀《よど》む。湊斗はなんとなく言われる内容を察して緊張《きんちょう》した。

「ユノに……メスのつがいを迎《むか》えるよう、湊斗から話してもらいたい」

ちゃんと身構えていたのに、ストレートに射られた矢が胸に突き刺《さ》さったような衝撃《しょうげき》だ。湊斗は小さく息を吸うことしかできないでいた。

「ユノがボスでいるうちは心配ない。でもファミリアの獣人たちの人生はその先も、永劫《えいごう》に続いていく。ユノの子どもは絶対に必要だ」

揺るぎない眸《ひとみ》でまっすぐに訴《うった》えられる。ロウが言っていることは何ひとつまちがっていない。

では、自分はそのことに対してどう思っているのか。

獣人界に転生し、ここで生きていく。新しい人生を始められて、それだけでも今充分にしあわせだ。一緒《いっしょ》に生きていくファミリアのために自分の治癒《ちゆ》力を使いたい、なんなら、他《ほか》のファミリアの獣人だって助けられるものならそうしたいと思っている。

人間界で生きていたときは助けられるだけの日々だったけれど、ここでは誰《だれ》かのために、誰かの力になれることが、湊斗はうれしい。自分の足で立って生きていることを、しあわせだとも感じる。

──でも……それだけじゃ……僕は……。

ユノが自分以外の誰か、獣人の女の子とつがう。相手はハイパーセントの獣人であることが理想だろうから、きっと知的で魅力《みりょく》的な子が選ばれるはずだ。それか、あのうさぎ獣人のメイドのような、ユノに心酔《しんすい》する、従順でかわいらしい女の子かもしれない。

湊斗の胸はずきんと強く痛んだ。人間界で生きていた頃《ころ》にも、これまでだって感じたことのない種類の重く鋭《するど》い痛み。そして、ユノを説得してほしいと頼《たの》まれた瞬間《しゅんかん》の衝撃と、今感じているこの耐《た》えがたい苦痛の出所がつながる。

ユノへの想《おも》いがあるところが痛い。

──いやだ。そんな説得、したくない。誰かがユノを説得するなら、黙っていられない。だって、彼を誰にもあげたくない。ハーレムよろしく分けあいたくもない。つがいだからとか、ファミリアのためとか、治癒力を持つ自分の役割とか、そういうものをぜんぶ取っ払《ぱら》って、胸にあるユノへの想いだけを探《さぐ》る。

──僕は、ユノのことが好きなのかな。

どうしてだか当然のように、ユノが彼自身のために使う時間は、自分だけが共有できるものだと思っていた。湊斗がコントロールできるものでもないのだから、とんだ思い上がりだが。

──だって、ユノは僕を大切にしてくれてるって、いつも感じてるから。

気持ちよくなっていたし、そこによろこびを覚えていたのだ。そしてそれは当然、自分だけに向けられるものだと身勝手な独占欲《どくせんよく》を持ってしまっていた。

やり直しの人生に、命というひとつ大きなものを手に入れ、明確な役割を貰《もら》って、欲張りになっているのだろうか。それはいけないことなのだろうか。

「ユノは、つがいに関してだけは、俺や、周りの言うことをきいてくれない。ただのわがままなんかじゃないし、ユノの湊斗に対する純粋《じゅんすい》な気持ちも分かる。でも……、だからってそれを呑《の》むわけにいかない。ユノは湊斗の言葉ならきっときく」

その役目を本気で僕に託《たく》すの——という気持ちで湊斗は顔を険しくした。

でもロウが湊斗に頼むしかないというのも分かる。

「湊斗、ユノに対して今はまだ情が湧《わ》いてるだけだろ？　ユノのほうも、ファミリアのボスとしての責任感、つがいを護らなきゃいけない立場、強い力を得ようとする獣人としての本能が行動原理でさ。そういうのもひっくるめて無自覚の愛なのかもしれないけど」

ロウの問いに、湊斗は何も言い返せずに沈黙《ちんもく》した。頭がすぐに情報を処理できない。

——え……僕のこの感情って『情』なの？　ユノの気持ちの根っこにあるのは……責任感と本能、だけ……？

ユノは以前「湊斗の清らかで澄《す》んだ魂《たましい》に惹《ひ》かれた」と話していたが、それはきっかけにすぎない。互《たが》いの気持ちを確認《かくにん》したことはなく、たしかに、『つがい』という言葉だけで、なんとなく他の誰よりも強く結ばれているような気になっていた。

——それを無自覚の愛なんて言われても……。

湊斗にとって、なんの慰《なぐさ》めにもならない、ただ綺麗《きれい》な言葉で飾《かざ》られた気分だ。

恋《こい》はしたことがない。恋と情は似て非なるもので、湊斗にとって情とは恋より薄《うす》く、不確かで、いつか断《た》ち切ってしまえるもの、そうしたほうがラクになれるもののように思う。

「そりゃあ、交尾《こうび》してる相手に情は湧くだろうけど、こういう世界だって割りきってくれたら……」

ロウの説得を耳が拒否《きょひ》する。

交尾しているから情が湧くのだろうか。それもまちがいではないかもしれないが、湊斗にとっては、もうそこは越《こ》えてしまっている気がする。

ここは獣人界だから。価値観のちがう世界に、自分がまだ順応できていないだけなのだろうか。そのうち「そういうもんだ」と気にならなくなるのだろうか。

でも湊斗にはそれも想像できなくて、結局最後までひとつも言葉を返せなかった。

メスのつがいを迎えるように湊斗から話して――ロウにそう説得を頼まれてからというもの、ユノのことばかり考えている。

ユノと出会ってから半年や一年が経過したわけじゃないけれど、誰よりも近くで、濃密《のうみつ》な時間をすごしてきた。

とりとめもなく、ユノのクールな表情や、薄く笑うところ、湊斗を見つめるときの熱っぽい眸など、説得とはなんの関係もないことばかり思い浮《う》かべてはぼんやりしてしまう始末だ。

説得を託されてから、半月か、それ以上か時間が経《た》った。

湊斗はロウに「ユノに話してみる」とは最後まで約束しなかった。言葉が喉《のど》に詰《つ》まったみたいに、どうしても言えなかったのだ。

毎日を過ごしているうちに、なかったことにならないかと期待している。そんな現実逃避《とうひ》しているだけの自分を、冷静な自分が呆《あき》れて見ているような暗澹《あんたん》たる気持ちになって、湊斗はひとり考え込むことも増えた。

「湊斗？」

ユノに呼ばれて、湊斗ははっと顔を上げた。何をしてたっけ、と手元に目線を落とす。

夕食も、湯を浴びることもだいぶ早くすんで、ユノと「少しだけお菓子《かし》を食べようか」という話になったのだ。夜遅《おそ》いのでつまむ程度の焼き菓子を小皿に取ったまではいいが、紅茶の準備が途中《とちゅう》だ。茶葉が入った缶《かん》の蓋《ふた》を開けたところで手がとまったまま、ユノが沸《わ》かしてくれた湯が冷えてしまう。

湊斗は「ぼーっとしてた」と慌《あわ》てて紅茶を淹《い》れ、蒸《む》らしたあと、ティーカップに注いで黒檀《こくたん》のローテーブルに置いた。

ユノはソファーに並んで腰掛《こしか》けながら、「どうした？」と訝《いぶか》しげな声で問いかけてくる。

「あ、うん……この家の一角を村の診療所《しんりょうじょ》みたいにしてよかったなって思うんだけど、他の村にも治癒が必要な人がいるだろうから、ときどき僕が回診《かいしん》に行くのはどうかなって……」

ごまかすように話したが、それも実際にこのところ湊斗が考えていることだ。

十日ほど前から、日中、ファミリアのみんながもっと気軽に湊斗を頼《たよ》って訪ねてこられるように、玄関《げんかん》を入ってすぐの部屋を、治癒を行うための場所にした。もちろん湊斗が出向いてもいいし、そこは臨機応変に。ファミリアの獣人《じゅうじん》たちは「体調が悪いときに診《み》てくれる場所がいつも近くにあって安心」と、よろこんでくれている。

だからこのファミリアだけじゃなく、ユノの母親みたいに、病気でつらい思いをしている他の村の獣人も手助けできたらいいのにと、湊斗は思ったのだ。

「馬を使えば僕ひとりで行って帰ってこられるし」

牝馬《ひんば》のメルともすっかり意気投合し、少しの遠出であれば一日で往復できるくらいに乗馬の腕《うで》が上達した。ユノが一緒なら泊《と》まりだって可能だ。

「僕のこの治癒力は獣人界全体を救うためにあって、だから人間は『神格化』されてるはずだよね。人間の力を狙《ねら》って争う、みたいなことがなくなればいいんじゃないかな……」

そんなふうに説得を試みる間、ユノにじっと見つめられていた。

「そうだな……」

「ユノが僕に与《あた》えてくれてる力だけど、もっと役に立てるならって思うんだ」

ユノと交尾することで備わる力だ。さらに湊斗の身体《からだ》はマーキング効果によってロックされ、外敵から護られる。

ファミリアのボスとしての責任感、つがいを護らなきゃいけない立場、強い力を得ようとする獣人としての本能が行動原理で——あれから湊斗の頭を幾度《いくど》となく廻《めぐ》ったロウの言葉を、ここでまた思い出してしまった。

――無自覚の愛……。自覚がないなら、それって愛なのかな。

一瞬《いっしゅん》トリップしたように考え込んでいた頰《ほお》を、ユノになでられてはっとする。

「湊斗の物憂《ものう》げな表情をこのところよく見る気がするが……？」

「え、そうかな」

咄嗟《とっさ》にユノの気のせいということにして、湊斗は彼の胸にぽすっと顔を押しつけた。

自分だけがその愛の正体が何かということにこだわっている気がして怖《こわ》い。メスのつがいを迎《むか》えるように湊斗が勧《すす》めれば、ユノは諸々を踏《ふ》まえて承知するのではないか――だってそれがこの世界の最善だから。

それを理解できても納得《なっとく》できない。でも責任も本能もなくせるものじゃなくたって、湊斗は自分だけ彼に愛される以外は納得したくないのだ。

これは薄っぺらな情なんかじゃない。

――やっぱり僕は……ユノのことが好きになってしまったんだ。だから僕はユノに「メスをつがいとして迎えたらいいよ」と話せずにいる。

いっぱいになりかけた頭に、ユノが「湊斗の気持ちは分かった」とキスをくれる。心の叫《さけ》びがユノに届くはずはないが、湊斗は顔を上げた。

「備わった治癒《ちゆ》力で、湊斗はひとりでも多くの獣人を助けたいんだよな」

ユノも湊斗と同じものを護《まも》りたいから、理解してくれるのだ。そう感じた瞬間、湊斗は、自分の想《おも》いは災《わざわ》いの種になると悟《さと》り、隠《かく》さねばと思った。

蟀谷《こめかみ》に、続けて頬にキスをされて、湊斗の荒《あ》れた胸は驚《おどろ》くほど静まり返った。ぱたんと蓋が閉じられ、心が息を潜《ひそ》めている。

――隠すだけで精いっぱいだよ。今日も話せない。だけど許してほしい。

好きなのだ。知ったばかりの今は、そのことをただ実感したい。

かわいがるようなキスが、湊斗はくすぐったくて笑ってしまう。

「でも、乗馬の腕が上達したからといって、湊斗をひとりでよそのファミリアへ向かわせるわけにはいかない。いくら俺のマーキング効果があって、自衛力が上がろうと、薬物を使われて正気を失う事態にならないとも限らない」

だめと反対されて、湊斗はちょっとしゅんとした気持ちになった。湊斗がひとりで行動するのは言うまでもなく危険だが、ファミリアのボスとして忙《いそが》しいユノの都合がいいときでないと実現しないことになる。

「なんだ……窮屈《きゅうくつ》か？」

「窮屈なんじゃなくて。もっと……あの古地図の端《はし》のほうまで見てみたいなとも思う」

「好奇心旺盛《こうきしんおうせい》だな。地図で見れば平坦《へいたん》だが、かなり高い山や深い森を越えなければ辿《たど》り着かないところもある。本島の九つの村には湊斗が見たことのない種類の獣人だっているんだぞ」

そんなことを言われると、ますます気になる。

「……動物好きの湊斗に、今のは逆効果だったか」

ユノがため息をついた。湊斗はそんなユノを彼の胸元《むなもと》からじっと見上げる。

「……俺と一緒《いっしょ》なら……遠いところへも連れて行ってやらないこともない」

「ユノとプチ旅行みたいでいいと思う」

治癒《ちゆ》行脚《あんぎゃ》を思わずプチ旅行なんて言ってしまったが、ユノから離《はな》れたいわけではないし、一緒に楽しい時間をすごせそうだ。

「今すぐじゃなくていいから……いつか」

ユノに笑顔《えがお》でお願いすると、彼は優《やさ》しいまなざしで「……あぁ」と答えてくれた。

見つめあい、ユノのアイスグレーの眸《ひとみ》に吸い寄せられるように顔を近付ける。湊斗からくちづけると、ユノが優しい強さで抱《だ》きしめてくれた。

湊斗から仕掛《しか》けたキスだけど、すぐに形勢が逆転して、ソファーに横たえられる。

──……どうしよう。問題を先延ばしにして、自分がかなえたい願いばかりユノに話して。

ユノのざらついた舌で首筋を舐《な》め上げられ、ゆるく吸われると、いつもそれだけで湊斗の頭は真っ白になる。寸前に考えていた懸念《けねん》もすべて塗《ぬ》りつぶされてしまう。

「……んんっ……」

首の柔《やわ》らかな皮膚《ひふ》を嬲《なぶ》られながら、下肢《かし》の膨《ふく》らみを直《じか》に、ユノの大きな手のひらで包み込むようにして揉《も》まれた。いくらもしないうちに鈴口《すずぐち》に蜜《みつ》が滲《にじ》み、それを纏《まと》わせたユノの手のすべりがよくなっていく。

とろとろと溢《あふ》れてくる露《つゆ》を使って、今度は後孔《こうこう》のふちを指先でそっと探《さぐ》られる。窄《すぼ》まりはゆるみ、オスを受け入れたがっているみたいだ。

「蜜玉がなくても、簡単に指が入ってしまうな。ふちはきついが、中は柔らかい」

「ユ、ノっ……」

深く埋《う》めた指一本で内壁《ないへき》を舐めるようにぐるりと掻《か》き回されて、湊斗は尻《しり》を浮かせ、腰《こし》を震《ふる》わせた。すぐさま二本目をねじ込まれて、襞《ひだ》をゆるやかに揉みながら抜《ぬ》き挿《さ》しされる。頭が快感にとかされて変になりそうな気がするくらい気持ちいい。

「あ……あぁ、ユノ……それ……」

「分かってるから……もう少し脚《あし》を広げろ。足をテーブルにのせていい」

どこをどうすれば湊斗の腰が抜けるほどいいか、ぜんぶ知り尽《つ》くされてしまっているのだ。中をくまなく捏《こ》ねるようなユノの愛撫《あいぶ》に、湊斗は短く息を弾《はず》ませて喘《あえ》いだ。

ローテーブルのティーカップとソーサーが、快感で震える足の振動《しんどう》でカチャカチャと音を立てる。

「ん、やっ……ユノ、ここでするの、やだ……」

「ベッドがいいって？」

耳元で問うユノの声にも身を竦《すく》ませるほど感じながら、湊斗は彼の首筋にしがみついて、うん、とうなずいた。

翌朝、ずっと問題を先延ばしにしていたツケがまわってきた。

「母が寄越《よこ》した使役鳥《しえき》だ」

ユノが部屋の窓を開けると、クリーム色の小鳥が入ってくる。使役を遣《つか》える者は限られているし、鳥を見れば誰《だれ》の遣いか分かるらしい。

湊斗もこの獣人界では動物の言葉が聞き取れているので、ユノの傍《そば》へ近寄った。

小鳥の囀《さえず》りに聞き耳を立てると、最初の言葉が『湊斗、湊斗』だったため、ふたりは顔を見合わせる。

『湊斗、油断しないで。ボスの周りにいるライオン獣人たちはいつだってよくない企《たくら》みを頭に巡《めぐ》らせている。あなたの傍にはユノもいるし、わたしが生きているうちは手出しはさせないけれど』

使役鳥は伝言を告げると、窓から飛び立った。

小鳥の姿を見送り、ユノが窓を閉めてため息をつく。

「……つまり、僕の力を狙ってるってこと……だよね？」

人間の力を得れば、獣人の能力が上がるからだ。ライオン獣人らはユノに直接何かを仕掛けることができないから、弱点となる湊斗を狙うだろうしそうすることで大きな利もある。

「より強い獣人を産み育てようと企んでいる可能性もある」

ユノの言葉に、湊斗は目を瞬《まばた》かせた。

「……僕が獣人の女の子と……ってこと？　うそ、あり得ない！」

咄嗟に拒絶《きょぜつ》丸出しで口走ったが、女の子を嫌悪《けんお》しているわけじゃない。それだと湊斗が能動的に性交することになるので、思わず『あり得ない』と言ってしまったのだ。

「ご、ごめん、なんかひどい言い方しちゃったけど」

姿のない相手に謝りつつ、少し動揺《どうよう》してしまった湊斗は落ち着こうとソファーに腰掛《こしか》けた。隣《となり》にユノも並ぶ。

「……ユノのお母さん、だいじょうぶかな。リークするために使役鳥を飛ばしてさ」

自分のことはさておき、相手を心配する湊斗の手をユノが握《にぎ》った。

「母もハイブリッドで、熱魔法《まほう》が使える。母は争い事に力を利用しないが、周囲はそれが怖くて直接手出しできない」

いざとなれば戦えるとはいえ、病を抱《かか》えているのだ。湊斗は気持ちが晴れないまま嘆息《たんそく》する。

そんな湊斗を安心させようと、ユノは強く手に力を込めた。

「彼らが欲しいのは将来まで見据《みす》えた安泰《あんたい》だ。いっときを凌《しの》ぐためだけとか、単純に私欲を充《み》たしたいわけじゃない。だからいきなり力尽《ちからず》くで湊斗を拉致《らち》したりはしないだろう。そんなことをすれば俺が黙《だま》っていないから」

ユノも、ユノの母親もそう言っているのだ。だから、湊斗はほほえんでうなずいた。

「僕が納得してないと、毒蜜をリジェクトしちゃうしね」

「だから綿密に計画したのちに、湊斗を扇動《せんどう》するようなことを吹聴《ふいちょう》してくるかもしれない」

毒蜜を喰らわされるわけにいかない、だから陽動作戦を打ってくる。

「たとえば……？」

「ライオン獣人《じゅうじん》のファミリアに湊斗が入れば、あたかもこちらが得をするような交易条件を持ちかけてくるとか、湊斗を担保に安全保障を提案してくるとか……」

「あっちが最大のファミリアだから、他《ほか》のファミリアからうちが脅《おびや》かされたときに護《まも》ってやる、とかそういうこと？」

ユノはうなずきつつ「古巣からそんなかたちで干渉《かんしょう》されたくないものだ」と険しい表情だ。

「こちらが弱いところを見せると、そこを突《つ》いてくるかもしれない。しかしあくまでも、そういう可能性があるから要注意という話だ」

「……うん……」

ここに来て、『人間のつがいとはいえ、子が産めないなら先がない』という言葉がじわじわと湊斗の心に効いてくる。

――ユノが子どもを持たないなら将来はないっていう……暗喩《あんゆ》めいたものに感じる……。

今はユノの母親からの伝言のとおり『油断しないで』という懸念の段階だろうけど、そのような企みを持った獣人たちがいるのが事実なら聞き流してはいけないのではないだろうか。ユノが子どもを持たないと公言することで、『つけいる隙《すき》はここにある』と示しているようなものではないだろうか。

「…………」

使役鳥を飛ばしたユノの母親も『わたしが生きているうちは』と警告しているのだ。

湊斗はこぶしを握った。

本心はそこにないのに巨大《きょだい》なファミリアを護るため玉座に座りハーレムのメスを侍《はべ》らせるユノの父親、その下で甘い恩恵《おんけい》に与《あずか》っているかもしれないライオン獣人の親類たちの姿が湊斗の脳裏《のうり》に浮《う》かぶ。最後に、何者にも屈さないという強い意志を持ったユノの母親の姿を思い出した。ユノの母親は決して憐《あわ》れではなかった。それが湊斗にとっては救いだ。

誰の行いが正しいとか正しくないとかジャッジする立場にないけれど、自分だけがふわふわと甘いベッドで過ごす日々でいいのかと思ってしまう。

私利私欲だけを考えてもいいなら、ユノとふたりで、このファミリアでおだやかに暮らしたい。でもそれでは、自分がここに転生した意味がないのではないだろうか。

時間はたっぷりあった。説得を託《たく》されたのに、だらだらと先延ばしにしてきた。

自分の中に迷いがあったのは、彼を好きだという気持ちと同じくらい、自分がここで生かされた意味はなんだろうということを考えていたからだ。

「……ユノ……あのさ……」

最後に浅く呼吸した。緊張《きんちょう》で吐息《といき》が震える。

「ユノは……ちゃんと、子どもをつくったほうがいいんじゃないかな」

自分の声が遠く聞こえる。湊斗は無意識に、自分の両耳を塞《ふさ》いでいた。

「……何を言ってるんだ？」

ユノが手を湊斗の膝《ひざ》に置き、怪訝《けげん》な表情で顔を覗《のぞ》き込んでくる。

湊斗は耳を塞いでいた両手を下ろした。逃《に》げていても仕方ない。

「ユノは、メスのつがいを迎《むか》えたほうがいいと思う」

ユノの顔は見られなかった。目が泳ぐ。一瞬《いっしゅん》ユノと視線が絡《から》んだ。ユノの眸《ひとみ》は冷たいアイスグレーで、めったなことでは感情をあらわにしない。今は、湊斗の心の奥底を睨《にら》んでいるようだ。

湊斗は太ももの辺りでぎゅっとこぶしを握った。

「ファミリアのボスとして、将来のこともちゃんと考えてるっていうのを示さないと、その程度にしか思っていないって、みんなの未来を放棄《ほうき》してると誤解されるんじゃないかって……それでファミリアの結束がほころんだりしたら、よくないよね」

その言葉にユノがぴくりと動くのを視界の端《はし》で捉《とら》える。地雷《じらい》を踏《ふ》んだ感覚があり、湊斗は身を竦めた。

「それは湊斗の考えか。他の誰かの受け売りか」

どきんとした。ロウの言葉も多分に入っている。だけど湊斗自身がそれを自分の想《おも》いとして話した。言わされているわけじゃない。だから湊斗は「僕の考えだよ」と答えた。

「それなのに僕は毎日『いいね、楽しいね』ってへらへらしてさ、ユノとえっちして、病気を治癒《ちゆ》してるからいいでしょって……そんなの……なんか、無理……」

最後は消えかかった声を絞《しぼ》り出すと、湊斗の膝の上にあったユノの手がゆっくりと離《はな》れていく。それを湊斗は茫然《ぼうぜん》と見ていた。

「……俺が他につがいを持ってもかまわないのか」

ユノの口から聞くと、衝撃《しょうげき》が大きすぎて湊斗は奥歯をぐっと噛《か》むことしかできない。

「俺に、父と同じことをしろと?」

ユノの声に憂《うれ》いが滲《にじ》んで聞こえる。その問いかけに、湊斗は首を振《ふ》りかけてやめた。本当はそんなことは望んでなどいないけれど、結局は同じだ。

ユノが深いため息をついたあとは、長い沈黙《ちんもく》が続いた。

「……湊斗のことも手放さず、ボスとしてファミリアを護るために、俺は新たにつがいとなるメスを迎えなきゃいけない——うんざりするほど正論だな」

ユノはソファーの背もたれに腕《うで》を広げて寄りかかり、天井《てんじょう》を見上げている。

「……湊斗は、いやじゃないのか」

閉じていた心の蓋《ふた》が、がたがたと訴《うった》えかけるのを感じながら、湊斗はきつく目を閉じてから、そっとまぶたを上げた。死んだ瞬間の、真《ま》っ暗闇《くらやみ》を思い出す。

「僕は、だいじょうぶだよ」

強く握ったこぶしを見つめて、湊斗は自分に言い聞かせた。

7. 毒蜜《みつ》

湊斗が「僕は、だいじょうぶだよ」と返したあと、ユノは無言で部屋を出て行き、夜が来て、朝になっても家に戻《もど》って来なかった。

はじめてひとりぼっちで夜を明かし、心細くて、なんだか部屋の中まで寒く感じられる。

「……ユノ……」

呼んでも返事はない。

玄関《げんかん》のそとにふたり分の朝食ボックスが届けられていて、湊斗はそれを部屋まで運んだ。

ボックスの中にはいつもどおり、あたたかいスープと焼きたてのパンが入っている。いい香《かお》りが漂《ただよ》うけれど、湊斗は再びボックスの蓋を閉じた。残すとミーレに申し訳ないが、今は食べる気にならない。

ユノが出て行って、だいぶ時間が経《た》っている。

もしかして、新しいつがいを探しに行ったのだろうか。

他につがいを連れてこようと気にならない——と湊斗に言われて、それを「ラッキー」とよろこぶような人ではないから、機嫌《きげん》を悪くしたかもしれないが。

でもつがいを迎え、時が流れ、ハイブリッドの子どもが生まれれば、ユノの気持ちも穏《おだ》やかなものに変わるかもしれない。ユノの父親のように。

——ユノのお父さんもマリオネットなんかじゃなくて、達観した強い人なんだ。ファミリアと、ユノとユノのお母さんを護らなきゃいけないっていう信念を貫《つらぬ》いてる。

決断の瞬間はみな傷ついただろうが、それぞれを思い遣《や》っているなら悪くない愛のかたちなのかもしれない。

——でも……僕はまだそんな境地には至れない……！

湊斗はとうとう部屋でじっとしていられなくなり、メルがいる馬繋場《ばけいじょう》へ向かった。

「メル……」

湊斗が抱《だ》きつくと、メルは『……え、何』と心底迷惑《めいわく》そうな顔をする。さっそく鬱陶《うっとう》しい空気を感じたのだろう。普段《ふだん》から言葉数が少なく、いつもはメルの目や表情だけで意思疎通《いしそつう》ができるが、今日はよっぽど湊斗が情けない顔をしているらしい。

「……まちがってないと思うんだけど……まちがってる気もする……」

『じゃあ、まちがってるんじゃないの』

「僕が？　まちがってる？」

『わたしに訊《き》かないでよ』

あなたが自分で考えて自分で決めたんでしょ、とメルは言っている。

「自分で決めたからって……納得《なっとく》してるわけじゃない」

告げた瞬間は覚悟《かくご》をしたつもりだったけれど、時間が経つと「やっぱりいやだ」と思いはじめる。そんなぐらぐらの決意を言葉にしてユノに伝えてしまった。

ユノがいなくなってから、ひとりでいろんなことを考えた。見えない敵と闘《たたか》うようなものだったが、より具体的に、逃げずに想像してみた。

ユノの新しいつがいと仲良くできる気がしない。生まれた子どもをかわいがれる気もしない。ファミリアの子どもはみなかわいいと思うのに、ユノの子どもを前にすると怯《ひる》みそうだ。自分の心が狭《せま》いのか、それともこれが普通《ふつう》なのか、恋《こい》をしたことがないので想像に限界を感じる。

「ユノの子どもならかわいいだろうから……僕もそのうちかわいがれるようになるのかな。子どもにはなんの罪もないのに、どうしてもいらっとしたらどうしよう。憎《にく》んだらどうしよう。自分のこともきらいになりそう。無理。胸が潰《つぶ》れそう……」

見たことのないものを想像するだけでもこのありさまだ。

ユノにも告げたことのない想いを、たまらずにメルに話してしまった。

「ユノが新しいつがいを連れて帰ってきたらどうしよう……」

『昨日の今日でそれはないでしょ』

メルが呆《あき》れた目で笑うけれど、湊斗は笑えない。

「……ハーレムのメスたちは……みんな平等に愛されてるのかな。だったらいいや、って思えるのかな……」

ユノの父親のハーレムを目の当《ま》たりにしたときも、理解できない価値観だと思った。

「僕より、新しいつがいのことを気に入って、愛するかもしれないよね。子どももできればなおさら」

自分を優先してくれる保証なんてどこにもない。優先があるなら劣後《れつご》がある。他《ほか》より優先されればいいということでもないのだ。

「無理すぎる」

身体中に孔《あな》があきそうだ。そこから自分の中身がぜんぶ流れ出して、立ち上がることすらできなくなる。

『ユノがたったひと晩いないだけでぼろぼろね。他につがいを迎えるって、そういうことよ』

ものすごく分かりやすい事実を突《つ》きつけられて、湊斗ははっと瞠目《どうもく》した。

一睡《いっすい》もできず、まだ見ぬつがいに対する嫉妬《しっと》で胸が焼け焦《こ》げそうだった。ユノが自分にするようなことをどこかのメスにするのだと考えると、苦しくて身悶《みもだ》える心地《ここち》だった。

分かっていたことなのに、「ユノは、メスのつがいを迎《むか》えたほうがいいと思う」と言ってしまった。

「僕はファミリアの未来より、ユノを選ぼうとしている。ユノにも僕を選んでって……そんなことユノには言えない」

『そうやって悩《なや》んでることぜんぶ、ユノに話した？』

湊斗はゆるゆると首を横に振った。話せないと思ったからだ。

『ふたりのことなんだから、ふたりで悩まなきゃ変よ』

言われてみればそうだ。ひとりで悩んでひとりで決めて、その決断に苦しんでいる。ロウに説得を頼《たの》まれ、それがいくら正論であっても、すべてを背負い込むことはなかったのだ。

「……ユノだってファミリアを護《まも》りたいって気持ちなのは当然で、それって僕と同じ気持ちのはずだから……」

一緒《いっしょ》に解決策を考えることが大切なのではないか、と今さら気付く。あとは、ユノが湊斗のことをどう思ってくれているかだ。

——僕のこと大切に思ってくれてる。それは分かってるのに……僕はひどいことを……。

メスのつがいを迎えたほうがいいなんて、本当には望んでもいないことを言うべきじゃなかった。

『ユノを捜す？』

「メル、捜せるの？」

『ユノのにおいを知ってるのは湊斗でしょ。つがいと認めた相手にしか発しないし、そのにおいを知ってるのは湊斗だけよ』

ユノの胸に抱かれたときに、いつも香《かお》っていた。ハーブや草木のような、なんともいえないいいにおい。

「……え……あれ、フェロモンみたいなものだったの？」

メルに『湊斗、何も知らないのね』と呆れ顔で返された。

そのままメルに跨《また》がり、湊斗は「うーん」と唸《うな》った。

「僕ひとりで行動してもいいのかな。せめてロウに伝えたほうがよくない？」

『言えばとめられるに決まってるじゃない』

「だよね……。それに、僕とユノのことだし。森に入らなければいいよね」

世間知らずで未成熟な湊斗に呆れながらも、メルが歩みを進めてくれる。

とりあえずどっちへ向かうかを考える。ヒグマと遭遇《そうぐう》したキノコ池がある森の方向か、ユノの故郷のファミリアを訪ねる際にとおった半島方面か、マングローブへ続く森か、はたまた東側の海の方か、だ。

「海はないかな……」

船で他の島へ渡《わた》ったなどということは考えにくい。とりあえず北のマングローブ方面から南下しようと決める。

メルに獣人《じゆうじん》界では常識らしいフェロモンについて詳《くわ》しく教えてもらった。

フェロモンは好意を持つつがいに対してオスがとくに強く発するもので、相手は嫌悪感《けんおかん》が強いといやなにおいとして認識《にんしき》するらしい。

『好きって言葉にしなくても、気持ちが盛り上がって出ちゃうのよ。だからあえて言葉にしないっていう獣人も多いみたい』

「……それだと隠《かく》しようがないもんね」

もし人間にその特性があったら、意中の相手に好意が筒抜《つつぬ》けになるということだ。

『なんで隠す必要があるのよ』

「……え……えーっと……恥《は》ずかしい、から？」

『意味分かんない。うまくいかなかったときの恥ずかしさより、何もしないで失う哀《かな》しみのほうが百倍つらいと思うけど』

メルの言葉に、湊斗は胸を射貫かれた心地で小さく喘《あえ》いだ。人間界では入退院を繰《く》り返していたため、どうやら自分は恋愛《れんあい》スキルが中学生くらいからとまってしまっているらしい。

「なんか、あの……メル先生って呼んでいい？」

メルはぶるっと首を振《ふ》って『イヤよ』と答えた。

『そんなことよりちゃんと集中してユノのにおいを探しなさいよ』

「えっ？　どうやんの？」

つがいのにおいを嗅《か》ぎ分ける方法も知らないの、と呆れたため息をつかれてしまう。

そうこうしているうちに、村と森の境界となる北の端《はし》に到着《とうちゃく》した。

鼻から肺いっぱいに空気を取り込むようにして、ユノのにおいを探す。自分自身の身体《からだ》で記《き》憶《おく》しているユノのにおいと照合させるイメージで。甘蜜《みつ》を出すときもだが、少しオーバーなくらい具体的にイメージすることがだいじらしい。

「……森のにおいに似てるから、混ざってる気がするんだけど」

『似ていても、ちがうはずよ』

でもユノのにおいを見つけられない。すごく遠くへ離《はな》れてしまっているのだろうか。

「僕のこと好きじゃないから、フェロモンが出てないとか……」

だんだん心細くなってくる。あんなに「俺のつがいだ」と求められていたのに、だからといってそれが愛されている自信になりはしない。だってまだ一度も、ちゃんとユノの想《おも》いについて訊いたこともなくて、自分からも伝えたことがないからだ。

ユノはどこへ行ったのだろうか。湊斗を家に置いたまま、ひとり黙《だま》って遠くへ行ってしまうことなどあり得ない気がするのだが。

「どこかでなんかあったとか、ケガして動けないとか……そんなんじゃないよね」

スマホもない、パソコンもない世界で、一度離れるとどうやって相手を捜せばいいのか分からない。せめて自分も使役《しえき》鳥を遣《つか》えたらいいのに——と考えて、湊斗は唸った。

「僕がユノの使役鳥を呼んだら……来てくれないかな」

見ていた限り、ユノは使役鳥を指笛で呼んでいた。ユノのために動いてくれる鳥なのだから、ユノの近くにいるか、居場所を把握《はあく》しているのではないだろうか。

居ても立ってもいられなくなり、湊斗は手綱《たづな》をぐっと握《にぎ》りしめ、メルの歩みをとめて顔を上げた。ひとつ大きく息を吸う。

「ユノの使役の鳥さーん！」

メルが『そんな呼び方ある？』と困惑《こんわく》しているが、気にしていられない。

「ユノの使役の鳥さん、僕の声聞こえる？　お願いだから、ユノの居場所をおしえて！」

生まれてこの方、こんな大声を出したことがないというくらいに叫《さけ》んだ。

湊斗の声はすぐ傍《そば》の森の木々に吸収されるように消える。大声を出すことに慣れていないから、大して遠くまで響《ひび》かなかったのかもしれない。

しんと静かだ。大声を出すのは思いのほか体力を使うらしく、湊斗は肩《かた》で息をする。心臓がどきどきと速く脈打ち、それがなんだかいやな胸騒《むなさわ》ぎのように感じた。

「……っ……、お願い……」

湊斗はめげずに、もう一度同じ呼びかけを繰り返した。

こんなときに自分が持つ治癒《ちゆ》力などなんの役にも立たない。つがいのにおいも嗅ぎ分けられず、使役鳥も遣えず、でも何もしないではいられないのだ。

風と木々のざわめきに声は掻《か》き消され、湊斗はそれに負けじと再び叫んだ。

湊斗が必死の思いで叫んでいると、上空で「ピィ」と甲高《かんだか》い鳴き声が響いた。すると波形飛行をするピンク色の小鳥の姿が目にとまり、湊斗は「あっ、あれ!」と指をさす。メルもその方向を仰《あお》ぎ見た。

「ユノの使役鳥だ!」

メルとともに、希望の光に思える鳥を目で追いかける。

『あれ……ほんとにユノの使役鳥?』

「た、たぶん!」

あんな珍《めずら》しい色の鳥は他に見たことがない。

ところが、ピンク色の小鳥はすいっと森の中へ紛《まぎ》れ込んだ。

「えっ、うそっ! 森へ行っちゃうの?」

黒く重たい色をした葉と葉、先端《せんたん》が見えないほど高い木と木が、奥深くまで重なりあうように続いている。その様をじっと見ていると、深い海の底に呑《の》み込まれそうな心地だ。不気味な恐《おそ》ろしさに、湊斗は身を竦《すく》ませた。

「ユノ……森の中にいるってこと？　なんで？」

いやな予感でいっぱいになる。

「においを見つけられないのは、ユノに何かあったから……じゃないよね……」

はたして、ユノが自らの意思で森に入るだろうか。いくら口論のあとだったといっても、湊斗をこんなに長い時間ひとりにするだろうか。

そのとき、ユノの使役鳥が森の木々の隙間《すきま》に再び姿を現した。こちらから見える範囲《はんい》で、何度も行ったり来たりする。どうやら湊斗たちをユノがいる場所へ誘《いざな》おうとしているらしい。

「メル……戻《もど》ってロウを呼んできて。僕はだいじょうぶだから」

『どうするつもり？』

「ユノの使役鳥を見失わないようにする。メル、もし僕が森の中で呼んでも、ちゃんと分かるよね。僕の身体はユノに護られてるはずだから、そう簡単に喰《く》われたりしない。だいじょうぶ」

それでもうしろ髪《がみ》を引かれる様子のメルを「とにかく走れ！」と叱咤《しった》する。

メルが駆《か》け出すのを見送って、湊斗は森に目を凝《こ》らした。

使役鳥が湊斗のところへ戻ってきて、再び森の中へ。その動きを繰り返している。

「使役の鳥さん、ユノに何があったかおしえて……！」

しかし使役鳥は飛び回るだけだ。ユノの命令しかきかないのかもしれない。村からかなり離れてしまったから、メルが襲歩《しゅうほ》で駆けて往復してもそれなりに時間がかかってしまう。

すると使役鳥が「ピィ」と甲高く鳴いたあと、森の奥深くへ入り込んでしまった。

「え……ちょっ……戻ってきてよ！」

森はしんとして、使役鳥が戻る気配はない。十秒か二十秒か息をとめたまま使役鳥の姿を目で捜す。心臓がどっどっどっと重く鼓動《こどう》を響かせる。

「……っ……！」

使役鳥は「待てない」と言っているのかもしれない。彼はだいじょうぶと信じている自分もいるけれど、道標《みちしるべ》となる使役鳥を見失ったら、もうユノと会えない気がする。

――ここでじっとしていられない……！

湊斗は森をぎっと睨《にら》んで、ひとつ大きく深呼吸した。おまもり同然の手持ちの武器はウエストベルトに装着しているダガーナイフと、あとは火打ち石やホイッスルだけ。簡単な訓練をしただけで、実戦の経験はないのだ。

「だいじょうぶ。僕の身体はユノが護《まも》ってくれてる」

湊斗はおまじないのように自分に言い聞かせた。

ただひたすら、ユノのことを想いながら、死の淵《ふち》を想起させる暗い森を凝視《ぎょうし》する。

するとピンク色の鳥の姿を見つけた。しかしやはりこちらへ戻ってきてくれる様子はない。

湊斗は目に力を込め、全身にユノの力が行き渡《わた》って漲《みなぎ》る様をイメージした。髪《かみ》の毛一本からつま先まで透明《とうめい》の膜《まく》を張り、どんな硬《かた》い刃《やいば》も牙《きば》も跳《は》ね返す——ここは想像力を逞《たくま》しく働かせることで、能力を発揮することができる世界だ。

足の裏から熱いものが込み上げ、武者震《むしゃぶる》いし、全身がそれに包まれる心地《ここち》がする。

ユノがくれた力を信じて、湊斗はぐっと握ったこぶしを見つめ、やがて顔を上げた。

風の流れ、獣のにおい、姿が見えないほど小さな虫の足音を聞き取れる。感覚が研《と》ぎ澄《す》まされ、背筋が伸《の》び、湊斗はその瞬間《しゅんかん》に不思議な覚醒感《かくせいかん》に包まれた。

さっきまで恐ろしいと思っていた森の暗闇《くらやみ》がまったく気にならない。

湊斗はピンク色の鳥だけを見つめて森の中へ駆け出した。

走り出してすぐ、湊斗は身体が軽いことに気がついた。薄暗《うすぐら》い森の中の獣道《けものみち》の見分けがつく。小さな鳥の姿を目で追うのも難しく感じない。

そのときふいに、嗅いだことのあるにおいに気付いて足をとめた。

「……これ……筋弛緩《しかん》作用の……」

湊斗を襲《おそ》ったクロヒョウ獣人《じゅうじん》に灶《た》かれた、あの樹皮のにおいだ。

——そうだ……あのクロヒョウ獣人には逃《に》げられたままだった。

思わず手で鼻を覆《おお》ったが、うすく漂《ただよ》っている程度で、灶かれている場所はここからまだ遠い。

湊斗の粘膜《ねんまく》は以前のように脆弱《ぜいじゃく》ではないはずだ。そっと呼吸してみる。やはり効かない。

「……護られてる……うん、だいじょうぶ」

全身が臨戦態勢だと実感し、指先から蜜を滴《したた》らせてみる。見た目では分からないが、毒蜜がリジェクトされ、湊斗の身体中の粘膜にも同じ成分が染《し》み出ているはずだ。

ヒグマと遭遇《そうぐう》したキノコ池とは反対の北側、この森はさらに北上すればマングローブに突《つ》き当たり、西へ行けばクロヒョウ獣人の村ともつながっている。

マングローブ側にはマングローブを伐採《ばっさい》しているという下剋上《げこくじょう》の若いボスがいるベンガルトラ獣人、湊斗が襲われたことで交易交渉《こうしょう》が難航しているクロヒョウ獣人、森に棲《す》むヒグマをはじめとする獣たち……怪《あや》しい面々だ。

——それに、古巣のライオン獣人も。彼らが本当に狙《ねら》ってるのは僕かもしれないけど。

ピンク色の鳥の姿を追ってさらに歩みを進めると、湊斗は一瞬《いっしゅん》何かの気配を感じて再び動きをとめた。いくつも重なる音、空気の揺《ゆ》れ、淀《よど》みを掻き分けて集中する。

そのとき、数十メートル先にヒグマの姿を見つけた。森へ帰したあのヒグマだ。

しかしヒグマの顔つきがおかしい。森へ帰したときは出血がひどかったために弱っていたが、その巨大《きょだい》な身体《からだ》に獰猛《どうもう》さを漲らせている。

するとヒグマが身体を折り曲げ、地面にあるものを抱《かか》え上げようとしているのが分かった。

——……何……？

たいそうな獲物《えもの》を獲《と》ったと自慢《じまん》するように、ヒグマは丸太のようなものを両腕《りょううで》で高く掲《かか》げる。

黒いかたまりに見えたその一部が、きらりと鈍《にぶ》く輝《かがや》いた。それは湊斗がよく知る、鈍色《にびいろ》の髪。

「ユノ……！」

湊斗はヒグマを睨みつけ、即座《そくざ》に全速力で駆け出した。

ヒグマが抱えている物体はぴくりとも動かない。だから丸太に見えたのだ。

ユノが捕《つか》まるはずがない。でもあれはユノだ。たとえ百メートル先だろうと、彼の姿を湊斗は見間違《みまちが》えたりはしない。

ヒグマの手前で湊斗は足をとめ、距離《きょり》を取った。ヒグマはユノをその辺に乱暴に転がすと、ひどく興奮した様子で咆哮《ほうこう》する。

「……っ……！」

湊斗は奥歯を噛《か》んだ。ユノの恩情を貰《もら》い、森へ帰ったはずのヒグマだ。許せない。

地面に乱暴に投げられたユノは、蔓《つる》のようなもので全身を巧《たく》みに縛《しば》られている。やはり動かない。でも死んではいない。ユノの身体から発する熱のゆらぎが見える。もしかすると相当強力な薬物か何かの影響《えいきょう》で気を失っているのかもしれない。

——……ヒグマがあの巨体《きょたい》で器用にあんなふうに縛れる……？

湊斗がヒグマに注視したまま、もうひとつの気配を探《さぐ》ろうとしたときだった。

背後からどっと分厚い壁《かべ》をぶつけられたような衝撃《しょうげき》が来て、湊斗は前向きに地面に押し倒《たお》された。両腕を掴《つか》まれ、うしろに捻《ひね》って拘束《こうそく》され、何者かが湊斗の背中にのしかかっている。

「ユノのお姫《ひめ》さま、こんなに早くおまえのほうから来てくれるとは。ユノを使っておびき寄せる手間が省けたよ。薬物をいくら足してもこいつがなかなか弱らず手こずった……」

人の血が薄《うす》いロータイプの獣人らしい、ひしゃげたような不明瞭《ふめいりょう》な声、獣のにおい、生臭《なまぐさ》い息遣《いきづか》い。聞いたことのある声に、湊斗は自分を押さえつけているもののほうを振《ふ》り返った。

クロヒョウ獣人のボスの隷属《れいぞく》だった男だ。湊斗を襲った際に、ユノに切りつけられたときの傷が目の下の辺りに大きく残っている。

湊斗は呻《うめ》いて、このままおとなしく倒されてたまるものかと身を捩《よじ》った。

「おお……威勢《いせい》よくそんなに暴れるな。はじめて会ったときより、ずいぶん力も強くなったようだな。あのときは獣人のメスより弱々しくて、簡単に蹂躙《じゅうりん》できそうだったのに」

クロヒョウ獣人は湊斗の耳をべろりと舐《な》めて「ユノの精液のにおいが強烈《きょうれつ》だ」と下卑《げび》た笑いを吹《ふ》きつけてくる。湊斗は奥歯を噛んで、その気持ち悪さをやり過ごした。

「ユ……ユノをどうやって……」

ユノがこの程度の獣人にあっさり捕まったとは思えない。

「今のおまえと似たようなものだよ。ヒグマの憐憫《れんびん》を誘う嘘《うそ》に騙《だま》されて、おまえたちがアレを逃がしてやったんだろう？」

湊斗は目線をヒグマに戻した。ヒグマは湊斗と目が合うと『相変わらずうまそうだ……』とよだれを垂らす。

「ヒグマの餌場《えさば》は、誰《だれ》にも奪《うば》われてなどいなかったんだよ」

ユノは自分の判断で逃がしたヒグマが、嘘をついていたと知ったのだろう。気を取られた一瞬に挟《はさ》み撃《う》ちされ、身体の自由を奪うために薬物を使われたのかもしれない。

「獣人なのに……ヒグマと……獣と結託《けったく》するなんて」

「ははっ……、獣と獣人のプライド論か？　俺みたいなロータイプはユノのようなハイパーセントの獣人様とは生まれも育ちもちがうんでね。あのヒグマは野生らしく喰い意地も張っているが、そこらの獣よりちょっとだけ頭がいい。そこがまた使い勝手がいいんだ。うまいエサを与《あた》えれば、味をしめて俺の言うことをきいてくれる。頭の悪い子どもと同じだ」

クロヒョウ獣人の言う譬《たと》えにも無性《むしょう》に腹が立つ。

湊斗より前に転生してきた人間は、獣に喰われて死に、強大な力を得た獣が獣人のファミリアを根絶やしにしたときいている。獣人の能力を強くすることができる人間を獣に喰われてしまうという結末は、このクロヒョウ獣人にとっても悲劇のはずだ。

だから自分は今すぐヒグマのエサにもされないし、殺されたりしない。希望はまだある。

「そっちの目的は、僕なんだよな。じゃあ、……ユノは殺すつもり？」

「まさか殺すものか。ユノを生かしておけば、おまえはあいつの命を護るためにその身を投げ出すしかないからな。おまえを薬漬《くすりづ》けにして判断能力を奪い、交尾《こうび》を繰《く》り返せばたいした苦労もなく俺のものにできる」

薬物が切れて正気が戻《もど》っても、ユノを人質《ひとじち》にして湊斗を陵辱《りょうじょく》する——下衆な算段を嬉々《きき》として語られ、湊斗は地面に突っ伏《ぶ》したまま目をぎゅっと閉じた。

「交尾の最中に毒蜜《みつ》をリジェクトされないように、たっぷりかわいがってやる。あぁ、そうだな、ユノとヤってる夢でも見ていればいい」

湊斗は覚悟《かくご》を決めて、ゆっくりと目を開いた。

「当然知ってるだろうけど、薬漬けで僕をおかしくさせても、今はユノのマーキングで全身がロックされてるから、そこを無理やり交尾すると身体が勝手に毒蜜をリジェクトするよ」

「あ……？」

背後のクロヒョウ獣人の声色《こわいろ》が変わる。

「薬漬けにされたら判断能力がなくなるから、毒蜜を出さないだろって思ってた？」

クロヒョウ獣人が言うように毒蜜をリジェクトできなくなるかもしれないが、これは湊斗のハッタリだ。「当然知ってるだろうけど」の煽《あお》り文句に、隷属レベルのクロヒョウ獣人は明らかに怯《ひる》んでいる。

「……それに、僕は人間界で生きてた頃《ころ》、長い間、病に苦しんで死んだんだ。転生して、やっとその苦痛から解放されたのに、痛いのも薬漬けもやだ。やだってことをされると、本能で拒《きょ》絶《ぜっ》する。ますます毒蜜をリジェクトするんじゃないかな」

ストレスと拒絶から人間は毒蜜をリジェクトする、という程度の知識はあるだろうが、人間がこの獣人界に転生してきたのは十年や二十年ぶりの話ではないはずだ。きっとこの獣人が生まれるもっと前で、ロジックなど詳《くわ》しいことを知らないかもしれない、そこに賭《か》けた。

「この際だけど……僕は相手は獣人なら誰だっていいんだよべつに。マーキングが効いてるから今すぐ交尾するのは無理だけど」

「なんだと……？」

湊斗は次にヒグマのほうを見た。

「ヒグマさん、甘蜜を飲んでみたいでしょう？　飲ませてあげるよ」

クロヒョウ獣人は「おい、勝手なことを言うな」と腕《うで》の拘束をきつくする。

「だから締《し》め上げないでって、痛いから。僕が今置かれた状況《じょうきょう》に納得《なっとく》して、はたして本当に甘蜜を出せるか、アレに毒味させればいいじゃない」

クロヒョウ獣人にだけ聞こえるように、そっと囁《ささや》くと、背後の男は「ふはは……、おまえおもしろいな」と楽しげに笑った。

湊斗に呼ばれたヒグマがこちらへ近付いてくる。

「少しだけ退《ど》いてよ。ここから僕が逃げられないことくらい分かるよね」

近付いてくるヒグマの股《また》の向こうに、地面に転がされたままのユノが見える。彼の身体から放たれる熱のゆらぎはずっと消えていない。彼らがユノを殺すつもりはないのなら、死ぬほど強い薬物を遣《つか》われたわけではないはず。それを信じるしかない。

クロヒョウ獣人《じゅうじん》による拘束がわずかにとかれ、湊斗はヒグマを手招きするフリをしながら、ユノを凝視《ぎょうし》した。ユノの本来の力があれば、あんな蔓程度は簡単に焼き切れるはずだ。

――目覚めて、ユノ！　はじめて会ったときみたいに、僕を助けて！

もうすぐメルがロウを連れてきてくれる。たとえ毒蜜がリジェクトされているとクロヒョウ獣人にバレても、ヒグマは確実に倒せる。時間稼《かせ》ぎくらいにはなるはずだ。

湊斗は指の先から甘い蜜色の液を滴《したた》らせた。甘蜜か毒蜜かはコントロールできないが、出すタイミングや量は制御《せいぎょ》できる。

「地面に這《は》いつくばったままじゃ無理。手が上がらない。甘蜜が出せない」

クロヒョウ獣人は「右手だけ動かせるようにしてやる」と湊斗の身体を両腕で拘束したまま跪《ひざまず》かせた。

毒蜜はすぐに効くのだろうか。本当にリジェクトしてるのだろうか。一度も出したことがないから分からない。

――ユノ……!!

間近に迫《せま》ったヒグマが恐《おそ》ろしくて指先が震《ふる》える。動揺《どうよう》を悟《さと》られてはいけないのに、身体がいうことをきかない。

ヒグマの分厚い舌で湊斗の手を大きく舐められる。するとヒグマは一瞬《いっしゅん》目を見開いたあと、じゅぶじゅぶと音を立てて舐《ねぶ》りはじめた。

「おいおい、まちがっても喰《く》うなよ。喰ったら俺がおまえを殺すからな」

はちみつを夢中で舐めるクマの映像を見たことがあるが、あれとまったく同じだ。手ごと食べられるのではないかという恐怖心《きょうふしん》と気色悪さに打ち勝てず、湊斗はとうとう腕を引いた。

「わはは、気持ち悪いよな。見てる俺まで身震《みぶる》いする」

湊斗の咄嗟《とっさ》の反応をクロヒョウ獣人に怪《あや》しまれなかったことにほっとしつつ、ヒグマの様子を見守るがとくに変化はない。

――毒蜜がリジェクトされてないってこと?

湊斗の背後にいるクロヒョウ獣人は「へぇ……本当にリジェクトしてないのか」と声に卑《いや》し

げなよころびを滲《にじ》ませる。湊斗のハッタリを信じたのはいいが、毒蜜が出せないならそっちのほうが問題だ。

――どうしよう……どうしたら……。

湊斗が次の一手を考える前に、ヒグマが突然《とつぜん》『ぐおぉ……』と奇妙《きみょう》な唸《うな》り声を上げた。急にもがき苦しみ始めたヒグマは、その巨体で辺りの木に何度も激突《げきとつ》し、七転八倒《しちてんばっとう》し始める。

ヒグマがぶつかった木の葉の雨が降り、視界が奪われる。やがてヒグマが地面に倒れ込んだ。砂煙《すなけむり》の中、口から泡《あわ》を吹《ふ》き、地響《じひび》きのような咆哮《ほうこう》を上げ、苦悶《くもん》の形相でのたうち回っている。

湊斗の毒が作用しているのは明らかだ。

――僕の唾液《だえき》にも毒蜜が含《ふく》まれる！

湊斗は咄嗟に、自分を拘束《こうそく》している獣人の腕に思いきり嚙《か》みついた。

ヒグマが悶絶《もんぜつ》する姿に気を取られていたクロヒョウ獣人は、そもそも獣人と人間では力に差がありすぎることで油断し、湊斗の動きに一瞬注力していなかったらしい。

骨を砕《くだ》き肉を嚙みちぎってやるという勢いで、さらにぐっと奥歯に全身の力を込める。

「――っ……！　くそっ、何しやがるっ！」

しかし次の瞬間、湊斗はクロヒョウ獣人に振《ふ》り払《はら》うようにして投げ飛ばされた。

硬《かた》い土の地面に叩《たた》きつけられ、湊斗の細い身体《からだ》は乱暴に放《ほう》られた薪《まき》のように転がった。

強烈《きょうれつ》な衝撃《しょうげき》で息がとまる。視界は暗転し、痛みに意識が朦朧《もうろう》となり、身体は痺《しび》れて動けない。

――一度嚙みついたくらいでは毒蜜がまわらないかもしれない。

今ここで倒《たお》れるわけにはいかないのだ。だいじょうぶ、まだ動けるはず、と湊斗は心で唱え、気力を振り絞《しぼ》る。痛みに呻《うめ》き、ふらつきながらもなんとか立ち上がった。うまく膝《ひざ》に力が入らず、がくんと抜《ぬ》ける感覚がある。それでもウエストのレザーシースを探《さぐ》り、ダガーを抜いた。黒光りするダガーの刃《は》を舐《な》めて毒蜜を含む唾液を塗《ぬ》りつけ、必死の思いで両手で摑《つか》み、クロヒョウ獣人に向かって構える。

クロヒョウ獣人はそんな湊斗をあざ笑った。ところがその表情が啞然《あぜん》としたような、ひどく驚《おどろ》いた顔に一変する。ぼろぼろの人間が獣人にダガーを向けていることに対する反応かと思ったが、男の目線は湊斗を通り抜けている。

「…………」

湊斗がクロヒョウ獣人の様子を怪訝《けげん》に思ったとき、背中にただならぬ気配を感じた。もしやヒグマが復活したのかと湊斗は恐怖で総毛立ち、おそるおそるうしろを振り向く。そうして振り返りきらない一瞬のうちに、湊斗の頭上を熱風が走った。

地面に膝を落とし啞然とする湊斗の前に、猛々《たけだけ》しいライオンのたてがみを彷彿《ほうふつ》とさせる鈍色《にびいろ》の髪《かみ》を持つ獣人の姿がある。

瞬《まばた》きの間に湊斗を飛び越《こ》え、しなやかな跳躍《ちょうやく》でクロヒョウ獣人の首を鋭《するど》い鎌形《かまがた》の爪《つめ》で掻《か》き、襲《おそ》いかかったのは、人よりも獣身に近い姿に変化したユノだった。

『これが俺のつがいと知っての愚行《ぐこう》か』

煮《に》えくり返った腑《はらわた》から込み上げる、低くひしゃげたような不明瞭《ふめいりょう》な声。おおよそ人ではない、獣が威嚇《いかく》を示す際の唸り声も混じる。身体全体が大きく分厚く変容し、膨《ふく》らんだ鈍色の尻尾《しっぽ》、土を掻くうしろ足には獣の鋭い爪が覗《のぞ》く。

完璧《かんぺき》な人間の姿を保つのがハイブリッド獣人の矜持《きょうじ》だったはず。しかし、プライドよりも憤《ふん》怒《ぬ》が沸点《ふってん》を超《こ》えてしまったのだ。

「ユノ……！」

湊斗が名前を呼んでも、その横顔を見れば聞こえていないと分かる。

クロヒョウ獣人はユノに首元を片手で鷲掴《わしづか》みにされ、「ぐ……ご……」と言葉にならないうめき声を上げた。

『許すものか』

クロヒョウ獣人は苦しげに呻いている。首を掴んだ手になおも力を込め、そのまま高く掲《かか》げると、ユノの手から紅蓮《ぐれん》の業火《ごうか》が上がった。愚者《ぐしゃ》を炭に変えるまで攻撃《こうげき》の手をゆるめるつもりはないのか、ユノが生み出す炎《ほのお》が辺りの木の葉にも火花となって降り注ぐ。

――ユノをとめなきゃ……森に火が広がる……！

「ユノ！　それ以上はやめて！　森が燃えてしまう！」

湊斗がふらふらと立ち上がりながら叫《さけ》ぶと、駆《か》けつけたロウとメルにうしろから支えられた。

「…………！」

ロウもユノのすさまじい熱魔法《まほう》の力を目《ま》の当たりにして言葉が出てこない。

「……ユ、ユノ……森が燃えればたいへんなことになる……！」

ユノは以前より巧《たく》みに、熱魔法をコントロールできるようになっているはずだ。

湊斗はロウとメルに「僕は平気」と放してもらい、ユノのもとへ歩みを進めた。

ユノの身体は平時の彼より巨大化《きょだいか》しているため、分厚い壁《かべ》のように感じる。もはや別人のような姿のユノの腰《こし》の辺りに、湊斗はそっと手でふれた。

「ユノ……もうだいじょうぶだよ」

ユノの背中から寄り添《そ》い、湊斗は腕を前に回す。ぐらぐらと鉄をとかす高炉《こうろ》のような灼熱《しゃくねつ》を内包する彼の身体を抱《だ》きしめた。

湊斗を傷つけられ、ユノは怒《いか》りで忘我している。だから湊斗は「僕はここにいる、だいじょうぶ」と、彼の背中に懸命《けんめい》に語りかけた。

「ユノ……僕はここにいるから……。お願いだよ。僕の声を聞いて……ユノ……」

そしてようやく、あちこちに火傷《やけど》を負ったクロヒョウ獣人からユノが手を離した。

湊斗はなおもユノの身体をよしよしとなでた。横を見ると、ヒグマは泡を吹いて仰向《あおむ》けに倒れてびくともしない。湊斗の毒が完全にまわり、とうとう息絶えたのかもしれない。

脅威《きょうい》がなくなったことが分かり、湊斗がほっと安堵《あんど》したとき、ユノの身体が突然がくんと膝から頽《くずお》れた。

「ユノ……!!」

ユノは自身の身体を支えることができないらしい。やはり薬物によるダメージが相当大きいのかもしれない。湊斗はユノの前に回り込み、肩《かた》と背中を使って彼を下から支えた。ロウが手

を貸そうとするが、足に力を込め、踏《ふ》ん張り、自分より大きなユノをそのまま担《かつ》ぎ上げる。

「僕だって、前より強くなったんだ。恋人《こいびと》を抱きかかえるくらいのこと……！」

今回のことは自分にも責任があるのだ。

ひとりよがりの感情に任せてユノに「メスのつがいを迎《むか》えたほうがいい」などと訴《うった》えて、はじめて大きなケンカをした。

ユノは最初から湊斗をつがいとして迎え、「湊斗以外とつがうつもりはない」と断言してくれていたのに。ユノは動揺し、ひどく傷ついたのだ。いくらヒグマとクロヒョウ獣人が結託《けったく》して姑息《こそく》な手を遣《つか》ったためとはいえ、ユノは一瞬の隙《すき》を突《つ》かれたにちがいない。

「湊斗……」

ロウがこちらへ何度も手を出しかけては、ためらっている。

「ほんとにぜんぶ、僕が悪いんだ」

だから大切な人を自分の力で連れ帰りたい。

『湊斗の気持ちも分かるけど、早く戻《もど》って解毒したほうがいい。わたしがふたりを乗せて走ってあげる』

メルの説得に、湊斗は自分の非力さを悔《くや》しく思いながら、「うん……そうだね」と言うことをきくことにした。

8. ふたりの安寧《あんねい》とファミリアの未来

ユノは森から戻っても獣身化《じゅうしんか》したまま何日も悶絶したり昏睡《こんすい》状態に陥《おちい》ったりを繰《く》り返した。ユノでなかったら致死《ちし》量の、よほど強い薬物を多量に摂取《せっしゅ》させられたのだろう。解毒の薬草に湊斗の甘蜜《みつ》を混ぜて少しずつ飲ませているが、顕著《けんちょ》な回復はみられない。

「湊斗、だいじょうぶか。ずっと寝《ね》てないだろ？　俺が代わるよ」

気遣《きづか》わしげな表情のロウの申し出に、湊斗は「ううん、だいじょうぶ」とほほえんだ。

「みんな食事を持ってきてくれたり、部屋を掃除《そうじ》してくれたり、いろいろやってくれて助かってるよ。ロウはユノがいない間、ファミリアのみんなが困ってないかちゃんと見ててあげて」

湊斗はロウの気遣いを遠慮《えんりょ》しているわけではなく、本当にファミリア全体がふたりのために動いてくれているのだ。

ユノが魘《うな》されて暴れたり、吐《は》いたりするので、部屋がどうしても荒《あ》れてしまうが、ヒツジ獣人が毎日掃除に来てくれている。「ついでに一緒《いっしょ》に洗濯《せんたく》してあげる」と声をかけてくれる獣人もいれば、「昏睡状態の獣身化した獣人の身体をひとりで拭《ふ》くのはたいへん」と手伝ってくれる獣人もいて、充分《じゅうぶん》に助かっている。

「ユノが寝てるときは、僕も一緒に寝てるんだよ。だからだいじょうぶ」

「……そっか。分かった。ユノのことは任せる」

ロウを見送って、湊斗はユノが眠《ねむ》る天蓋《てんがい》付きベッドの傍《そば》へ戻った。

時計も暦《こよみ》もない世界で、ユノがこうなったまま十日ほど経《た》っただろうか。

ユノは森から戻ってきたときより獣身化がだいぶ薄《うす》らいで、今は落ち着いている。少し前まで夢を見ているのか突然《とつぜん》顔だけ獣化したり、人型に戻ったり、不安定に変化するなどしていたが、ここ数日は穏《おだ》やかだ。

昨晩、ユノが一瞬《いっしゅん》目を開けたので意識が戻ったのかと歓喜《かんき》したが、再び落ちるように眠ってしまった。短い時間に感情が乱高下し、湊斗は動揺《どうよう》して少し泣いてしまったが、ユノが少しずつこちら側へ戻ってきてくれている証《あか》しのはずだ。

「ユノ……聞こえてる？　まだ起きられない？」

ベッドに肘《ひじ》をついて、ユノの綺麗《きれい》な顔貌《がんぼう》を眺《なが》め、指でそっと高い鼻梁《びりょう》をなぞる。薄いくちびる、あご、頬《ほお》にもふれて、湊斗はそこにキスをした。

「さみしいよ。ユノとごはん食べたい。クッキーも、ケーキも、ひとりじゃつまらない。ユノが元気になったら、ミーレにクッキーの焼き方をおしえてもらう約束なんだ」

今ファミリアの獣人たちにいろいろと手伝ってもらっているから、たとえばそのお礼に野菜やくだものの収穫《しゅうかく》を手伝ったりするのもいいだろう。

「僕の甘蜜の効果が薄くなってきてる。きのう、シロクマ獣人の子どもがケガしたのを治すのにちょっと時間がかかって、あ、そっかって気付いた」

効果が弱まった甘蜜をここ数日はユノにも飲ませていたことにすら気付いていなかった。

ユノがいないと結局何もできない自分にがっかりして落ち込んだが、朝になれば「今日こそ意識を取り戻してくれるかも」と気持ちを上向きにできている。

「病気で死んだ僕が、今ここで、こんなふうにお世話してるのを、ふっと不思議に思うことがあるよ」

目覚めて、元気になってほしいと願い、希望を捨てる気持ちにはまったくならない。

生かされている意味なんてあるのか、と思ったこともあるかつての自分に、「生きていることそのものが、光なんだよ」とおしえてやりたい。

「外デートもしたいな。馬で少し遠くまで。連れてってくれるって約束したじゃん……」

なんだか唐突《とうとつ》にユノのぬくもりを感じたくなって、湊斗は、眠り続けている彼の隣《となり》に身体《からだ》を寄せて寝転《ねころ》んだ。ユノの肩口《かたぐち》に顔をのせて、至近距離《きょり》から彼の整った顔を見つめる。

「かっこいいな。好き。好きだよ、ユノ」

声に出してみて、そういえばはじめてこんなふうに自分の想《おも》いを「好き」と言葉にしたことに気がついた。

「好きだよ……ユノに届くかな」

いたずら心が湧《わ》いて、ユノの耳元で「好き」と囁《ささや》いた。

「僕以外をつがいにしないでほしい。ファミリアのためにはならない、まちがったことを言ってるってわかってるけど、自分の気持ちは偽《いつわ》れない、どうしても。心が狭《せま》くてごめんね」

最後のごめんねは、ユノへというより、助けてくれるファミリアのみんなに向ける。

ユノの後継者《こうけいしゃ》としてふさわしい獣人をなんとかして見つける以外に安寧はないが、たったひとつのわがままで、ユノに自分だけ愛されたいという想いを許してほしい。

「ユノも、僕のこと好きになってほしいな。俺のつがいだとか、大切だとか、清らかで澄《す》んだ魂《たましい》に惹《ひ》かれるとか、そういうのもいいけどさ……。そんな漠然《ばくぜん》としたのや、他人に誇示《こじ》するための言葉じゃないのがいい」

ユノの肩に手を回して、湊斗は甘えるように寄り添った。

開けた窓から優《やさ》しい風がそよぐ。小鳥のさえずり。花の香《かお》り。そういえば、草木を思わせるあの大好きなユノのにおいをもうずっとかいでいない。

「好きだよ……好き……」

まぶたを閉じ、まどろみの中、ふわりと薄い香りが湊斗の鼻先をくすぐった。

すんすん、と無意識ににおいを探す。気のせいかと思ったが、これはユノのにおいだ。

湊斗ははっと目を開け、身を起こした。

「ユノ……！」

ハーブや草木のようなにおい。湊斗がまちがうはずはない。

ユノのまぶたは閉じられている。動かない彼の相貌《そうぼう》をじっと見つめた。

「ユノ！　僕はここにいる！　だからっ……」

ぼろっと涙《なみだ》がこぼれる。

戻ってきてほしい。ユノのからっぽの肉体だけがここにあるようで、どうしようもなくむなしくなる瞬間《しゅんかん》が毎日何度か訪《おとず》れる。

「お願い、ユノ……もう、あんなひどいこと二度と言わないから……」

ユノの胸で慟哭《どうこく》したあと、湊斗の中身すべてを攫《さら》うほどの嵐《あらし》が去っていく。ハリケーンの中をひとり支柱にしがみつく心地《ここち》から、湊斗が涙に濡《ぬ》れた顔を上げたときだった。

ユノがあのアイスグレーの眸《ひとみ》で、おだやかに湊斗を見つめている。

「……ユノ……？」

「……なぜ……泣いている？」

ユノに吐息《といき》のような声で問われ、湊斗は目を大きく見開いた。

湊斗がユノの眸を右から左からと覗《のぞ》き込むと、ユノは胡乱《うろん》げにそれを追いかける。

「……何を、してる」

不機嫌《ふきげん》そうなユノの声、いつもの口調で問われ、湊斗は思わず肩《かた》を揺《ゆ》らして泣き笑いした。

「ユノ……！」

湊斗はユノに上からのしかかってただ抱《だ》きついた。

「……おい、何……」

「おはよう、ユノ。長い家出だったね」

湊斗が笑うと、ユノは眉《まゆ》を寄せて眸を泳がせたあと「……あ……あぁ」ときっかけを思い出したようで、少し笑う。

「……ただいま」

「もう僕を置いてどこにも行かないで」

ユノの首筋に顔を埋《うず》めて訴《うった》えると、「ああ、行かない」と髪《かみ》をなでてなぐさめてくれた。

ユノは寝ている間にだいぶ体力を失ったらしく、湊斗の甘蜜を飲んだあと、またすぐに眠ってしまった。半日ほど眠り続け、夕方に再び目覚めた。今度はパンをミルクでやわらかく煮《に》たものを少しだけ食べたが、湊斗が身体を拭き上げてやった頃《ころ》にはまた眠ってしまった。

これまでもユノのお世話をすること自体をつらいと感じたことはないが、目覚めてからはなんだか手のかかる子どもみたいなユノが、湊斗はかわいく思えて仕方ない。

目覚めた次の日、ユノはうとうとしても、昏々《こんこん》と眠ることはなくなった。ロウをはじめとするファミリアのみんなに、ユノが目覚めたことと、少しずつ回復していることを伝え、ようやく湊斗も安心してユノの隣で眠ることができた。

その日、就寝《しゅうしん》してどれくらい時間が経ったのか、ひやりとする心地に湊斗は目が覚めた。身を起こして部屋を見回す。獣人界《じゅうじん》はいつも春みたいな気候なので、日中に開けていた窓を閉め忘れていたらしい。

庭に面した窓を閉め、湊斗がベッドに戻《もど》ると、ユノがこちらを向いていた。

「あ……ごめん、起こしたね」

「……もうすぐ、朝か？」

「ううん。まだぜんぜん。寝ていいよ」

湊斗がユノの髪をよしよしとなでると、何をしている、という顔をする。

「……えっと……ユノが眠ってるとき、よくこうやってたから」

森でユノを抱《だ》きしめたときにこれでなんとか落ち着いてくれたのが記憶《きおく》に残っていて、無意識にいまだにやってしまう。

湊斗が髪をなでながら「いや？」と訊《き》くと、ユノは歓迎《かんげい》しているのか迷惑《めいわく》なのか分からない、なんとも言えない表情だ。

「されたことがないから、変なかんじがする」

「ユノは僕にするじゃない。髪とか頬とか、身体のあちこち」

「……髪をなでられるのは、気持ちいいものだな」

湊斗が頭皮をくすぐるようになでてやると、ユノは気持ちよさそうにまぶたを閉じ、手指に頭をすりつけてくる。

「ふふ……猫《ねこ》みたい。かわいい」

ライオン獣人とウルフドッグ獣人のハイブリッドである彼が、元来こういうふれあいが苦手なはずはないのだ。

「……べつに、かわいくはないだろ」

少しむくれているユノに、湊斗はたまらずくちづけた。

「かわいいって言っちゃうのは、好きっていうのと同じなんだよ」

湊斗がにこりとすると、ユノも最初は目を瞬《まばた》かせていたものの薄《うす》く笑《え》みを浮《う》かべた。そして真似《まね》をするみたいに湊斗の髪をなで、くちびるを食《は》み、頬《ほお》をすりよせてくる。

「……そういえば、夢に見た……。湊斗が俺に何度も……『好き』と……」

「うん。眠《ねむ》ってるユノに呪文《じゅもん》みたいに何回も言ってたから。きっと届いてたんだね」

するとユノはじっと湊斗を見つめる。

「それに……ごめんと何度も謝っていたな。『メスのつがいを迎《むか》えたほうがいい』なんて本当は思っていないと……」

「うん……ごめんね。ファミリアの安泰《あんたい》のために必要なことだって分かってるんだけど、僕は……ユノが僕以外の人とつがうなんて、やっぱりたえられない。僕はユノが好きなんだ。誰《だれ》にも、ユノの髪の毛一本分だってあげたくない」

自分よりずっと大きなユノを、湊斗は「僕のものだ」と胸に抱きしめた。

そんな湊斗の胴部《どうぶ》にユノが腕《うで》を巻きつけ、抱きしめ返してくれる。

「僕たちふたりで子どもをつくるのは無理だから、なんとかハイブリッド獣人の子どもを見つけるとか、育てる方法はないのかな。ユノの後継者として遜色《そんしょく》ない能力を持ってて、信頼《しんらい》できる獣人を見つけるのだって……無謀《むぼう》な希望かもしれないけど……」

それでも、無理だと決めつけて「メスのつがいを迎える」なんてばかな結論を出してしまうようなことは二度としない。

「獣人界にはたまごの殻《から》と木の実があれば、オス・メスの性別も関係なく、子どもを授《さず》かることができる……というファンタジーな言い伝えがあるが……」

「たまごの殻と木の実？」

「なんのたまごなのか、なんの木の実なのかも分からない。そもそも、そんな奇跡《きせき》が起きたと聞いたことがない。残念ながら、子どもへの寝物語《ねものがたり》なんだろう」

湊斗は「そっかぁ……」と少しがっくりしたが、あり得ないことが起こる異世界なら、ファンタジックな奇跡だって起こせるのではないだろうか……とひとり考えた。

「その言い伝え……今度調べてみようよ。この獣人界の、僕がまだ行ったことがないほど遠くで暮らす誰かが、何か知ってるかもしれないよ？」

「旅がしたいだけじゃないのか」

「それもある」

湊斗がへへっと笑うと、ユノも喉《のど》の奥で笑っている。

「僕はこの世界のみんなの、痛みを少しでも軽くしてあげたい、治癒《ちゆ》してあげたいって思ってる。誰かのしあわせの手伝いがしたい。それがたとえいっときでも、その時間分のしあわせを感じてもらえたらいいんだ。でも僕は僕自身のしあわせを手放そうとしてたんだよね……」

ユノの頭にキスをして、湊斗は自分だけのしあわせを噛《か》みしめた。

「僕はユノがすごく好きなんだ。ユノは僕にとってのしあわせだから、僕もユノにとってのしあわせになりたい。ずっと、この世界で」

ユノが胸元《むなもと》から顔を上げ、身を起こして、今度は反対に湊斗を両腕《りょううで》に閉じ込めるように横臥《おうが》で掻《か》き抱く。

「……好きと言わなくても、俺の気持ちはもうぜんぶ、欠片《かけら》も残らず伝わっているような気になっていた」

「このユノのフェロモンが……『好き』を表してるんだってね。僕、知らなかったんだ」

ハーブや草木を想起させる、湊斗が大好きなにおいだ。

「湊斗……でも、ちゃんと言わせてくれ」

ユノが湊斗を抱擁《ほうよう》したまま顔を覗き込んでくる。

「はじめて会ったときから湊斗に惹《ひ》かれて、湊斗だけを追いかけてた。他《ほか》は何も目に入らない。一緒《いっしょ》にすごすうちに、俺のつがいにしたいと強く思うようになった」

「……ん……？」

湊斗は首を傾《かし》げた。ユノの言葉が少々腑《ふ》に落ちない。

するとユノが「あぁ、そうだった。まだ話してなかった」と苦笑いしている。

「……話してなかった？　何を？」

「湊斗とはじめて会ったとき、俺は仔犬《こいぬ》の姿をしていた」

ヒグマに襲《おそ》われたときのことを思い浮かべ、湊斗はますます首を傾げる。

「……湊斗は俺にぜんぜん気付かなかったな」

「え？」

湊斗は目を瞬かせた。やはり人間界のどこかで、会ったことがあったのだろうか。

「……『戻ってくるから待ってて』と言ったくせに、戻ってこなかったし、獣人界でやっと会えたと思ったら、俺のことは知らない人扱《あつか》いで」

「ま……待って。……え？　ジュノン？」

「俺の名前のスペルは」

湊斗の手のひらにユノが『JUNO』と書いて示した。Nをつければジュノンと読める。仔犬のネームタグに記されていたのが『JUNON』だ。

「これで『ユノ』……？　え、でもジュノンはハスキー犬だと……」

「ハスキーじゃない。ウルフドッグだ」

ユノに訂正《ていせい》されて、湊斗は口をあわあわとさせた。

「うちで飼ってたのって狼犬《おおかみけん》だったの？　ええっ？」

狼犬つまりウルフドッグは、その名のとおりオオカミと犬の交雑種だ。オオカミとしての野性の本能が強く出るため、一般《いっぱん》家庭での飼育は難しく、普通《ふつう》のペットショップでは買えない犬種。動物好きなので湊斗もその存在はうっすら知っていたが、まさか家の庭に狼犬が置き去りにされるだなんて考えもしなかった。

「見つけたときはまだ仔犬だったし……ちょっと大きめのハスキーかなぐらいの感覚で……。あっ、ジュノンの首輪についていたラベンダー色のカラーストーンが、今は僕のネックレスについてて」

「それは、俺と湊斗を結びつけるため、この獣人界に転生するのに必要なアイテムだ」

「……これを僕は闘病《とうびょう》のおまもりにしてた。ぜったいに捨てない、大切にしたいと思って」

誰かと約束したわけではないのに、なぜか強くそう思っていたのだ。

ジュノンが本当はウルフドッグで、ユノだったなんて。

「今の俺がそのまま獣身化してしまえば、人間界では過ごせない。だから俺と似ている母の姿を真似たが」

たしかにライオンとウルフドッグの血を受け継《つ》いだ動物が地球上に現れたら、即《そく》保護対象で全世界的なニュースになってしまう。

「い、いや、それでもあれがユノだったなんて、結びつかないよ。分かんないって」

ユノは「……そうなのか？」と少々納得《なっとく》いかなげだ。

「そうだよ。え、待って。じゃあユノ、仔犬のときから僕のこと……」

「俺が人間界へ向かったのはこちらで十五歳の頃《ころ》だったが、湊斗に拾われたときは仔犬だった」

ユノは「どうだ、俺のほうが長く湊斗を想《おも》ってきたんだ」とばかりに、ふふん、とほほえんでいる。

「僕は十三歳の頃だ」

「つがい探しは一年の期限がある。出会ったときは仔犬だったが、犬は成長が早い。しかしこちらに戻《もど》れば、人間と同じ成長速度に戻る」

ということは「声とぬくもりとにおい、清らかで澄《す》んだ魂《たましい》に惹かれた。生きたいと強く思う心が誰よりも美しく見えた」と言っていたのは、狼犬だった当時のユノの気持ちだったのだろうか。

「当時俺は母のもとを離《はな》れ、ボスになったばかりで何もかもが未熟だった。そんなとき湊斗と出会って、大切にされて、今後は俺が湊斗を護《まも》りたい、一緒に生きたいと思った。誰かを護りたいと思ったのははじめてだ。湊斗を迎え入れるために土地を耕し、実りを多くし、日々の生活をつつがなく続けられるような村にしなければと」

「それならそうと、なんでもっと早く言ってくれなかったの。僕が勘違《かんちが》いして、ちらりともユノがジュノンだとは気付きもしなかったとはいえさ……」

それに、湊斗がここへ転生してくるまで、ユノはただ待っていたことになる。

「僕がずっと転生してこなかったらどうするつもりだったんだよ」

するとユノが顔色を曇《くも》らせた。

「……自分のつがいを見つけること、つまり俺が好きになったから……湊斗は死んだのかもしれない。そういうロジックを俺は知らなくて……」

「あぁ……でも僕はもともと病気だったから」

「それでも、俺が湊斗の死期を早めて、湊斗を苦しめていたのかも……。だから……湊斗が転生してきたことをよろこんではいけないんじゃないかという気持ちが大きくて……」

たしかに、出会ったときのユノは不機嫌《ふきげん》そうな態度で、湊斗は歓迎《かんげい》されているかんじがしなかった。あのときはそういう申し訳なさから、よそよそしくなってしまっていたらしい。

「好きだとは言えなくて、『俺のつがいだ』って言葉でなんとかつなぎとめようと……」

結局、ふたりとも恋愛《れんあい》経験皆無《かいむ》で、そういう不器用さはユノも湊斗も大差ないといえるのかもしれない。

「でも……僕ね、一年も生きられないかもしれないって余命宣告されたのに、それから六年も生きたんだよ。その分、食べたいものを食べて、見たいものを見られた。だから僕の命を、誰かのせいだなんて思ったことないし、これからも思わない」

湊斗が笑っても、ユノはまだ納得いかない顔をしている。

「僕はここで新しい人生を貰《もら》ったんだよ。しかも健康で、治癒力があって、だいぶ力持ちになったし」

獣身化したユノをひとりで背負えたのは、火事場の馬鹿力《ばかぢから》というやつだったかもしれないが。

「人並みに恋《こい》ができなかったから、ここで僕は、ユノと恋がしたいよ」

終わった過去を振《ふ》り返る必要はない、明るい光が射《さ》す前を向いていたい。

「……恋ならもうしている」

ユノに組み敷《し》かれ、湊斗はうっとりとした心地《ここち》で彼を見上げた。

湊斗の顔の両側を、ユノの腕《うで》の檻《おり》で優《やさ》しく閉じ込められる。

ユノが顔を傾《かたむ》けながら近付いてくるのを、湊斗はくちびるが重なる寸前まで見届けた。

——僕の、好きな人。

両腕をユノの首筋にのばし、しがみつくようにしてくちづけに応《こた》える。軽く、優しくふれるだけのキスの合間に、何度も視線を合わせて、ふたりはほほえみあった。

くちびるを啄《ついば》まれるようなくちづけがくすぐったい。気持ちよくて、しあわせで、なんだか楽しくて、湊斗は「んふ」と喉の奥で笑った。

「ユノ……もっと」

舌を閃《ひらめ》かせ、くちびるのあわいをなぞって、ユノの劣情《れつじょう》を誘《さそ》う。

「……眠《ねむ》くないか？」

ユノの問いかけの声が甘い。湊斗もそれにあわせて甘ったるく「眠くないよ」と答えた。

ユノが湊斗の脚《あし》の間に身体《からだ》を割り込ませ、内腿《うちもも》のやわらかな部分に手のひらをすべらせてくる。たわむれみたいなキスとはちがって、そっちは湊斗の性感を煽《あお》るようなふれ方だ。つけ根の近くを指先でくすぐられ、後孔《こうこう》のふちのぎりぎりのところを掠《かす》めていく。

久しぶりに好きな人にふれられて、身体が突然覚醒《とつぜんかくせい》したみたいに体温を上げた。これからユノととけあう期待とよろこびでいっぱいになっている。

それなのに、ユノの指はちっとも肝心《かんじん》なところにふれてくれず、少し外れたきわのところをいじわるに行き来するばかりだ。

「……ユノ、お願い……」

もう何度ユノに抱《だ》かれたのか分からないけれど、固く想いを交《か》わしたあとだからか、胸がやけにどきどきと高鳴る。

ユノが身を起こし、ベッドサイドチェストから蜜玉《みつ》を手に取った。

「……それ、使うの？」

「ずいぶんしていないからな。湊斗の身体を傷つけたくない。いやなのか？」

湊斗は「ううん」と首を振った。蜜玉を使わないほうがユノが気持ちよさそうだった、という過去の経験が頭にあったからだ。でもユノが言うとおり、もう半月ほど交尾《こうび》をしていない。きつすぎる隘路《あいろ》に入りきらない、という事態になれば、そっちのほうがいやだ。

湊斗は素直《すなお》に、ユノに身を任せた。

蜜玉を三つ立て続けに挿《い》れられ、内壁《ないへき》を抉《えぐ》るように揉《も》まれる久しぶりの感覚に、湊斗は身を震《ふる》わせる。蜜玉が収まった後孔を指で探《さぐ》られると背筋に鋭《するど》い痺《しび》れが走り、湊斗はたまらず声を上げた。

「う……はぁ……あぁ……！」

「苦しいか……痛いのか？」

「……ちが、うっ……」

湊斗の中にある胡桃《くるみ》ほどのしこりの部分に、まだ硬《かた》い蜜玉がぐりぐりとあたり、強く刺激《しげき》してくるのだ。後孔を拡《ひろ》げるためのものとはいえ、蜜玉が絡《から》みあうように不規則な動きをするのがたまらず、湊斗は腰《こし》を捩《よじ》って悶《もだ》えた。

後孔はまだ狭《せま》く、硬く窄《すぼ》まっているのに、そこで生まれる快感は強烈《きょうれつ》で、こんな早い段階でもう極《きわ》まってしまいそうだ。

「や……ぅ……、イ……きそ……なんでっ……？」

「イけばいい」

ユノに肩《かた》を抱《だ》き込まれ、うしろに押し込んだ指を激しく動かされる。蜜玉をぐちゃぐちゃに掻《か》き回されて、湊斗は嬌声《きょうせい》を上げた。

「あぁ、あぁ、ああっ」

胡桃を揉みくちゃにされている。そこから熱いものがどんどん込み上げてきて、もう自分ではコントロールできない。ただ昇《のぼ》っていく感覚。ユノの指できつくこすられているところも、中で蜜玉が跳《は》ねるのも、気持ちよくてたまらない。

「あぁ、んっ……、イくぅ……」

湊斗は脚や腰を何度も跳ねさせながら、白濁《はくだく》をほとばしらせた。

吐《は》き出した精液で自分の腹や胸までしとどに濡《ぬ》らし、しどけなくベッドに身を投げ出す。

こんな早い段階で絶頂してしまうなんて、強い渇望《かつぼう》があらわになったみたいで恥《は》ずかしすぎる。ユノの回復を願って看病することに必死だったから気付かなかったが、つがいとの交尾が途《と》切《ぎ》れると「中の疼《うず》きが大きくなる」とユノが話していたことを思い出した。

「中が締《し》まったときに蜜玉も弾《はじ》けてとけたみたいだ」

「そういうの言わなくていい」

ユノの胸をこぶしで叩《たた》くと、楽しそうに湊斗を抱きとめたまま横向きに寝転《ねころ》がる。

「俺も、早く入りたい」

渇求しているのは湊斗だけじゃないと知らせ、ユノが切なげな顔をした。見つめあって、湊斗のほうからくちびるを寄せる。舌を絡め、こすりつけて、互《たが》いを煽った。

一度絶頂すると、身体が急に思い出したようにユノを欲して疼きはじめた。

ユノが湊斗のワンピースをめくり、あらわになった尻臀《しりたぶ》や後孔を両手で愛撫《あいぶ》する。

「……僕の奥に、いっぱい……ユノのにおいをつけて」

横抱きで掬《すく》い上げられた片脚をユノの腰に回すように導かれた。指で道筋をつけられ、窄まりにユノのペニスをあてがわれる。後孔のふちに、香油《こうゆ》で濡れた雁首《かりくび》をぬるぬるとこすりつけられるのでさえ気持ちいい。

硬い先端《せんたん》が潜り込んだあとは、回していた片脚を高く持ち上げられて、側位でゆったりとした浅いピストンを繰《く》り返しながら結合を深くされていく。

「は……あっ……、あぁ、ん……や、あっ……」

嵩高《かさだか》い雁首で内壁を舐《な》めるようにこすられるのが気持ちよすぎて、湊斗は甘え声を抑《おさ》えきれない。口を押さえようとする手をユノに阻《はば》まれてくちづけられた。キスをしながらゆるゆるとペニスを抜《ぬ》き挿《さ》しされると、どこもかしこもとろける心地だ。

「あ、ふ……ユノ……気持ちいぃ……」

「ん……」

舌を絡ませあいながら、浅く深く、リズミカルに抽挿《ちゅうそう》される。

「あ、んっ、ん……ユノ……ユノ……」

奥までペニスを押し込まれ、湊斗はユノにべったりと密着した状態で上にのせられた。両腕《りょううで》でホールドされたところを、ずんずんと下から突《つ》き上げられる。上半身を固定されてペニスを抜き挿しされ続けていると、甘い痺れが背筋を何度も駆《か》け上がった。腰が震え、熟《う》れて、下肢《かし》が熱くなってくる。

ひとしきりピストンされたあと、つながったままユノが湊斗を抱き起こした。

「はぁ……はぁ……はぁ……」

ユノにしがみついた格好で、彼の肩に頭をのせる。密着して抱きしめられると、たまらなくしあわせな気持ちになって、湊斗はユノの首筋や耳や頬《ほお》にたくさんキスをした。

「好き……ユノ……」

「ん……」

互いを睦《むつ》み合うようなくちづけのあと、しがみついた状態で揺さぶられる。接合した粘膜《ねんまく》からぐちゃぐちゃと音が響《ひび》き、湊斗は目眩《めまい》がするほどの快楽に浸《ひた》った。

「はぁ……あぁっ……」

腰をしっかり摑《つか》まれ、下から腹の底を突かれて、脳まで快感に震える心地だ。深いところにユノの先端が嵌《は》まり、嬲《なぶ》られ、湊斗はいっそう強く抱きついた。今度はベッドに押し倒《たお》され、これまででいちばん激しくピストンされる。

「ああっ、あっ……、はぁっ……あぁ……」

ペニスでこすられているところぜんぶがとけそうな気がするくらい気持ちいい。ぐっ、ぐっ、と奥壁《へき》を穿《うが》たれると、イってしまいそうになる。その手前で絶妙《ぜつみょう》に躱《かわ》され、絶頂までを引き延ばされて、湊斗はすぎる快感にたまらず歔欷《きょき》した。

「湊斗……もっと奥に入らせてくれ……。だから身体の力を抜いて」

「もっと……？」

「あぁ……もっと」

耳元で甘い呪文《じゅもん》を囁《ささや》かれる。今よりもっと深いところでユノとつながれるなんて、そんなのしあわせだ。

腰や尻《しり》をなでて宥《なだ》められペニスを手淫《しゅいん》され、全身の力が抜けていく。ふにゃふにゃになった状態で、たっぷり振《ふ》り幅《はば》のあるストロークで後孔を抽挿されると、気持ちよすぎて泣いてしまいそうだ。

「ん、はぁ……あぁ……ん……」

深く嵌めたまま、奥をこじ開けるように掻き回される。その硬い襞《ひだ》がやわらかくなると、大きく脚を割り広げられ、くちづけられながらうしろをさらに蹂躙《じゅうりん》された。

「――っ……！」

ユノとこれ以上ないほど深いところで交わる。ついに最奥に先端を嵌められ、煽るような腰《こし》遣《づか》いで掻き回されて、じゅぼじゅぼと卑猥《ひわい》な音が響きだした。

「あぁ、ん……あ……はぁ……ん……」

「もう……中がとろとろだ……っ……はぁっ……」

ユノが腰を振りながら、湊斗の中を味わうように目をつむって息を弾《はず》ませている。その表情も声もすごく気持ちよさそうで、湊斗はユノをもっとよくしてあげたいと思った。

湊斗が尻を浮《う》かせて中を犯《おか》すペニスに後孔をすりつけるように動かすと、ユノがいっそうよさそうに呼吸を乱す。湊斗自身も、そうすると胡桃の膨《ふく》らみがユノの硬茎にきつくこすれて、たまらなく気持ちいい。

「ユノっ……あぁ……、あ……これ、イっ……ちゃう……」

湊斗の耳孔《じこう》にユノが「俺もっ……」と吹《ふ》き込み、腰を激しく突き込んでくる。

「……っ……あぁっ！」

ユノが腰を押しつけ、最奥に鈴口《すずぐち》をなすりつけるようにして射精した。

接合しているふちで、血潮を感じる。濃厚《のうこう》なものをたっぷり注がれて、湊斗は広げた脚《あし》をびくびくと跳ねさせた。

ユノは一滴《いってき》も残さず湊斗の中に注いで、湊斗は奥に吐精《とせい》されながらいとしい気持ちでユノを抱《だ》きしめる。

お互いにばくばくと激しく鼓動《こどう》する胸を重ね合わせ、呼吸が整うまで抱きあった。

「……んぅ……すごく、気持ちよかった……」

「あぁ……」

ユノが抱擁《ほうよう》したままくちづけてくれて、湊斗も彼の首筋にしがみついて離《はな》れない。

舌を絡めて啜《すす》りあうと、ユノのペニスが埋《う》まったままの後孔《こうこう》がまた卑《いや》しくうねりだす。

「あぁ……やだ……ユノぉ……」

「湊斗の中が……まだ欲しがってる」

湊斗はユノの肩に縋《すが》って、「うん」とうなずいた。だって離れたくない。まだつながっていたいのだ。

ふたりは朝が来るまで夢中で情愛を交《か》わしあい、窓から覗《のぞ》く空が白みはじめた頃《ころ》、ぐしゃぐしゃに乱れたベッドで抱きあったまま眠《ねむ》った。


夢を見た。

天蓋《てんがい》付きベッドで、木の実が入ったたまごをふわふわの布にくるみ、ユノとふたりの間に置いて見守りほほえみあうところを。

湊斗はユノの腕《うで》の中で目覚めて、彼の無防備な寝顔《ねがお》を見つめるうちにはっとした。

一瞬焦《いっしゅんあせ》ってふたりの間を覗き、さっきのは夢だったんだと気付いてほっとする。

きのうユノから聞いた、子どものための寝物語。本当にそうなればいいのにと思うあまりに夢に見てしまったらしい。湊斗は単純な自分にちょっと笑ってしまう。

「……何を笑ってる？」

ユノもお目覚めだ。湊斗は今見た夢の内容を彼に伝えた。

「なんかちょっと夢がリアルだったから、『たまご！』って焦っちゃったんだけどさ……」

夢の内容を話してしまえば、普通《ふつう》は何も残らず消えてしまうような儚《はかな》いものだけど、なぜか、気になってしかたない。たしかにここにあった、という気がしてならないのだ。

「ねぇ、ユノ……やっぱりさ、どこかに、本当にあるんじゃないのかな。そのたまごの殻《から》と木の実を集めれば、ユノと僕にも子どもができるのかもしれない。そんな奇跡《きせき》が、過去に実際あったのかもしれないじゃない？」

こうして言えば言うほど、そうだそうだ、と自分の中の自分が賛成する。

今日までにいくつも、強く信じたとおりになっている。

「うん……そうだな。ファンタジーだ、空想の物語だと頭から否定せず、調べてみる価値はあるな」

確証などないのに同意してくれるユノに、湊斗は「だよね」と明るくうなずいた。

見つめあい、ユノが湊斗にくちづける。湊斗はユノの首筋に腕を巻きつけて、彼のくちびるをぱくぱくと食べる真似《まね》をした。ユノがくすぐったそうに笑う。その笑顔《えがお》がかわいくて、湊斗はやっぱり大好きだと思った。

「ユノ、好き」

彼を好きな気持ちをもう隠《かく》したり、遠慮《えんりょ》したりしない。

ユノは湊斗の「好き」の返事の代わりに、抱擁とキスをくれた。

誰《だれ》かが家を訪ねてきたチャイムが鳴る。

「おはようございまーす。朝食のボックスがまだ玄関《げんかん》にありますけどー」とヒツジ獣人《じゅうじん》の声が遠く響く。

「ヒツジ獣人が来てしまったな」

そう言いながらなかなか放してくれないユノを、湊斗も「来ちゃったね」と抱《だ》きしめ返した。

あとがき

こんにちは、川琴《かわこと》ゆい華《か》です。『異世界で獣人のつがいになりました』、お楽しみいただけましたか？

今作は異世界転生の、ど直球ファンタジーです。現代ものにファンタジーの要素を混ぜた小説はこれまでに何作か書かせていただきましたが、こういうお話ははじめてです。なので、そういう意味でも読者さんの反応やご感想がとても気になります！

具体的にネタバレしているところもあるので、未読の方はこの先は自衛してくださいね。

獣人がいろいろ出てくるのがいいなぁ、どういうキャラにしようか…と考えているときに見つけた『ウルフドッグ』。生物学的なものが好きなので、雑種強勢やハイブリッド、ハイパーセントなどというワードに「おお、萌《も》える…！」と興奮するんですよね。受けの湊斗《みなと》と同じくわたしも世界中の動物のドキュメンタリーを見るのが好きです。ペンギンもかわいいけど、ホッキョクグマがおちゃめでいいですよ〜。癒《い》やされるのでオススメです。

今回、「ここを書きたい！」というシーンがありました。身体《からだ》がちっちゃな受けが大きな攻《せ》めを必死に担ぎ上げる…BLなら普《ふ》通《つう》は逆だろと突《つ》っ込まれそうですが、攻めと一《いっ》緒《しょ》に受けも闘《たたか》ってほしいなと思うんですよね。これはもう、むかしからの性癖《せいへき》ですね。受けが攻めの助けを待たずに自分で闘って解決しちゃうくらいの勢い…というか、強い愛を示してくれ、って思うのです。攻めが来る前に敵を倒《たお》してるくらいの受けが好きです。

そして今作のイラストは（他社さんですが）デビュー作を含《ふく》め三度目のみずかねりょう先生です。いつも華やかでうっとりするほど美しいイラストをつけてくださるみずかね先生、お引き受けくださりありがとうございます。イラストを拝見するのがこのあとなので、今からとても楽しみです。十年のうちに三回も描《か》いていただけるなんて、ご縁《えん》があってうれしいです！

担当様。このたびはいろいろとご心配をおかけしたかと思います。この作品を執筆《しっぴつ》する間に半年超《ちょう》休業していた時期があったので、復帰後こうして刊行に漕《こ》ぎ着けることができて感慨《かんがい》無量《むりょう》です。これもひとえに角川ルビー文庫さん、担当編集さん、本作に携《たずさ》わってくださった関係者の皆様《みなさま》、周りで支えてくださって待っていてくださった方のおかげです。心より感謝しております！　今後ともどうぞよろしくお願いいたします。

読者様。数多《あまた》あるＢＬ小説の中から拙作《せっさく》を選び、読んでくださり、本当にありがとうございます。繰《く》り返しになりますが、読者さんの反応が気になってとてもどきどきしているので、もしもお時間がありましたら、ツイッターやお手紙でご感想などいただけると、たいへんうれしいです。どうぞよろしくお願いします。

では、皆様にまたこうしてお目にかかれますように。

二〇二二年　九月　　川琴ゆい華

異世界《いせかい》で獣人《じゅうじん》のつがいになりました

川琴《かわこと》ゆい華《か》

角川ルビー文庫　23399

2022年11月1日　初版発行

発行者——山下直久
発　行——株式会社KADOKAWA
〒102-8177　東京都千代田区富士見2-13-3
電話 0570-002-301(ナビダイヤル)
印刷所——株式会社暁印刷
製本所——本間製本株式会社
装幀者——鈴木洋介

ISBN978-4-04-113121-3　C0193　定価はカバーに表示してあります。

◇◇◇